Björn Högsdal / Wolf Hogekamp (Hrsg.)

155 Kurze

Eine gar nicht so kurze Sammlung der besten
Kurz-Texte des Poetry Slam

Prosa bei Lektora

Bd. 31

Björn Högsdal / Wolf Hogekamp (Hrsg.)

155 Kurze

Eine gar nicht so kurze Sammlung der besten
Kurz-Texte des Poetry Slam

Lektora

Lektora, Paderborn

Dritte Auflage 2014

Lektora GmbH
Karlstraße 56
33098 Paderborn
Tel.: 05251 6886809
Fax: 05251 6886815
www.lektora-verlag.de

Druck: Standartu spaustuve, Vilnius
Covergestaltung: pottzblitz.com
Illustrationen: pottzblitz.com
Lektorat: Lektora GmbH
Layout Inhalt: Lektora GmbH

Printed in Lithuania

ISBN: 978-3-938470-79-4

Vorwort

Poetry Slams und Spokenword-Lesungen sind ohnehin schon Formate, die mit kurzen Texten überzeugen. Innerhalb dieser Szene gibt es einige Künstler, die den Kurztext oft nutzen und bisweilen auf die Spitze treiben. Die Idee zu diesem Buch entstand in Köln, anlässlich einer gemeinsamen Lesung der beiden Herausgeber, bei der unter dem Titel „Lyrical Machinegun" das Shortiedoppelfeuer auf das Publikum eröffnet wurde. Der Abwechslungsreichtum und die Vielfältigkeit dieser Kombination von Miniaturprosa und Kurzlyrik war die Basis für den Gedanken, eine ganze Anthologie der deutschsprachigen Slamszene mit Kurztexten herauszugeben. Vom erfahrenen Slampoeten bis zum talentierten Frischling ist diese Anthologie Ausdruck des Abwechslungsreichtums und der Kreativität der Spokenwordszene. Vorgabe für die eingesendeten Texte war eine Maximallänge von gefühlten 90 Sekunden Vortrag. Texte dieser Länge sind eine Möglichkeit zu experimentieren und ein Sprungbrett auf dem Weg zu langen Textformaten. Diese Anthologie kann vieles. Sie kann als Inspiration und Textsammlung für Workshops in den Schulen dienen, als Klolektüre auf WG-Toiletten durch viele (hoffentlich gewaschene) Hände gehen und immer da ihre Wirkung entfalten, wo wenig Zeit und Aufmerksamkeit vorhanden sind. In diesem Buch gibt es so gut wie alle Formate kurzer Literatur. Von Haiku, Elfchen, Limerick über Prosaminiaturen bis hin zu einer der kürzesten Formen sprachlichen Ausdrucks, dem Witz, ist alles dabei. Auf eine Kategorisierung nach Formaten wurde verzichtet. Thematisch aber wurden die Texte in Rubriken unterteilt.

Wir bedanken uns bei allen beteiligten Autoren für die Texte und die Bereitschaft bei diesem Projekt dabei zu sein, bei Patrick Schmitz a.k.a. Pottz für die Grafiken, sowie beim Lektora Verlag, der unsere Idee so bereitwillig zur Veröffentlichung brachte.

Wolf Hogekamp & Björn Högsdal

Inhalt

Afforismen

Dominik Bartels

Erkenntnis

Eines Tages werden wir erkennen,
dass nicht fehlendes Wissen,
sondern der Mangel an Neugier unsere
Entwicklung begrenzt.

Pauline Füg

Nichtstun

Ich tue nichts, ich mache nichts.
Nichts tut sich, das macht nichts.

Björn Högsdal

Bleistift

Ein Bleistift mit Radiergummi daran.
Das ist dem Menschen nicht so fern.
Ein Ding mit kreativem Potenzial,
das seines Werks Vernichtung trägt.

Wolf Hogekamp

finally up the cloud:

über kurz oder lang,
breit, hoch oder tief,
ich weiß so was von nichts,
doch bin so was von da.

Dinge

Bas Böttcher

Die Sache mit dem Ding ist so ’ne Sache.
Denn wenn das Ding so Sachen macht, okay, kein Ding.
Doch wenn die Sachen plötzlich dann so Dinge machen,
da machste Sachen, Alter. Das ist nicht mein Ding.

Bas Böttcher

Es war einmal ein Automat.
Der sah von außen schlicht aus.
Und wenn man kräftig gegen trat,
kam unten ein Gedicht raus.

Bas Böttcher

Oh, du Wachs von Ohropax!
Geschmeidig sei deine Watte!
Dein Reich komme!
Deine Stille entstehe.

Simon Chen

Interpretation

– Möchtest du noch Kaffee?
– Nein, danke.
– Sicher?
– Ja.
– Nimm doch noch ein Tässchen.
– Nein, danke, ich habe genug.
– Wirklich, du kannst gern noch Kaffee haben.
– Nein, danke, ich möchte wirklich keinen mehr.
– Komm, eine Tasse.
– Nein.
– Mann, bist du stur!

Familie

Björn Högsdal

Ästhetische Ökonomie

Im Einkaufszentrum. Zur Bespaßung der Nachwuchskonsumenten hat die Marktleitung Kinderschminken angesetzt. Vor uns ein Ehepaar mit zwei Kindern. Hektische Blicke auf die Uhr, Getuschel, dann die Aufforderung an die schminkende Mitarbeiterin: „Wir haben keine Zeit mehr, schminken Sie nur das hässliche Kind“.

Jana Klar

Lektionen

Als ich viereinhalb war, verstand ich nur die Hälfte und nannte mich halb fünf.

Als ich fünf war, lernte ich Zählen in einem Reisekatalog.

Ich zählte: erste Alpe, zweite Alpe, dritte Alpe.

Als ich sechs war, lernte ich Grammatik im Winterurlaub. Ich lernte, dass manche Wörter in komische Einzelteile zerfallen, wenn man sie trennt.

Alpen zum Beispiel zerfallen in Matterhorn und Piz Palü.

Mit sieben lernte ich zu abstrahieren:

Eltern zerfallen auch in Mutter und Papi – wenn sie sich trennen.

Karsten Lampe

Sorgerechtsstreitigkeiten:

Die Alimente magst Du sehr
Doch ich zahl sie nicht mehr
Denn unser Sohn wird bald
49 Jahre alt

Nektarius Vlachopoulos

Wie ich das laute Nachbarskind ruhigstellte

Michel macht „hihi haha“
Michel macht „tralalala“
Michel macht „uuuiiiiiiiiiuuuuiiiiiiiiiuuuu“
Michel macht „t-t-t-t-t-t pch pch“
Michel macht „buäähäääähääääääa“
Michel macht „nänänänänääääänääääää“
Michel macht Krach!
Michel macht „knack“
Michel macht „   “

Xóchil A. Schütz

Mein Leben als Glied einer Lichterkette

In meine erste Lebenskrise kam ich im Alter von fünf Jahren: Zwei Jahre nach meiner Einkindergartnung tanzte noch immer niemand nach meiner Pfeife, im Gegenteil, diverse Waldorfkindergärtnerinnen versuchten, mich mit unsäglichen Disziplinierungsmaßnahmen wie Farbentanzen und Kerzenziehen zu einem angepassten Glied aller Lichterketten zu machen.

Ich reagierte mit heiliger Suizidalität und verkündete, dass ich auf der Stelle wie Jesus sterben wolle.

Niemand hörte mir zu, stattdessen nahm man mir die Laubsäge, mit der ich Tag für Tag ein neues Kreuz für mich sägte, weg – und schickte mich stattdessen spielen. Spielen! Eine Unverschämtheit, wenn man gerade bereit ist, sich auf den Passionsweg zu machen.

Aufwachsen, Einschulung und spätere Gymnasialisierung scheiterten ebenso: Ich, die ich unter weniger widrigen Umständen ein Kamel hätte werden wollen, das frei und einsam durch die Wüsten zieht, musste mich in engen Räumen mit engstirnigen Eltern und fremdartigen Jungmenschen quälen.

Als dann noch der erste Sex in einem Desaster endete und auch eine bunte Palette an biologisch abbaubaren und biologisch nicht abbaubaren Drogen nicht half, stürzte ich in die zweite Lebenskrise, aus der ich erst 15 Jahre später wieder hervorkroch – als Besiegte.

Die Waldorfkindergärtnerinnen triumphierten. Ich sitze nun Tag für Tag in biologisch abbaubaren Berliner Cafés und mache mir Gedanken darüber, ob die angebotene Süßkartoffelsuppe eine Alternative zur von mir schonend hergestellten Kürbissuppe darstellen könnte. Dazu schlürfe ich pötteweise Grünen Tee und warte auf den Tod. Allzu lang wird es schon nicht mehr dauern. Bis dahin suche ich mir noch ein paar Lichterketten, um im pädagogisch korrekten Gemeinwesen bescheiden zu leuchten.

Begraben werden möchte ich mit meiner aus ungebleichtem Bambussamt hergestellten Käthe-Kruse-Puppe. Gemeinsam mit ihr möchte ich verrotten und wieder dem ewigen Kreislauf von Geburt und Vergehen zugeführt werden – nur bitte diesmal, ohne etwas davon mitzukriegen.

(aus: Xóchil A. Schütz: Auf der Suche nach der entgangenen Milch. Literatur Quickie Verlag 2011)

Jahreszeiten

Nora Gomringer

Sommer,
das ist, wenn alle baden, nur ich nicht. Winter ist, wenn alle Handschuhe tragen, sogar Hunde. Frühling ist, wenn die Meerschweinchen sterben. Und Herbst kommt mit dem Ersten, der sagt: Boa, kalt is jetzt schon und so früh dunkel.

Theresa Hahl

wir stehen in den dachgiebeln der welt still

und sind für heute kinder des sommers
riechen nach firmamentfeinstaub
von der sonne abgeschmirgelt
in ihrem lauf über wärmeplattenwege

wir sind die heiligen heuhalmhalter
knisternder kornkraftwerke
von der badeseewasserweihe
strohblondgebleicht und sommersprossensatt
beklebt mit dem siegelwachs
geschmolzener stracciatellastalagmiten
eines barfußbedruckten tags

und wenn sich die stecknadelsterne
am himmel kondensieren
geht die sonne nicht unter
denn sie ist rotbraungebrandet
am uferlauf der haut
unserer freiluftgeschichten

Toby Hoffmann

frühling

ich höre
den frühling kommen

er fliegt
gegen die scheibe
und ist sofort tot

Lars Ruppel / Wolf Hogekamp

Immer (Vier Elfchen von Lars Ruppel und Wolf Hogekamp)

Frühling
Always Ultra
Ein Leben lang
tief erregt laufen lernen
Go!

Sommer
Du Spast
Voll nackter Spasten
Weder ehrlich noch Gefühl
Fieber

Herbst
Ja, Mann
Altweibersommer gebounct, gespottet,
gedroppt, geext, gebombt, gefickt,
reif!

Winter
Komm mal
Weiß ich nicht
Türme dich, dampfend heiß
Brrrrr

Moritz Neumeier

Der Schnee hat auf Blättern gelegen
Und ich lag schon lange auf dir.
Wir wollten uns beide bewegen,
Dem Schnee fiel das leichter als mir.

Torsten Wolff

Traumberuf

Am liebsten wäre ich von Beruf Weihnachtsmann – 364 Tage im Jahr frei – und *einen* Tag im Jahr wird man ja wohl auch mal krankfeiern dürfen.

Liebe

Sebastian 23

Altes Haus

In meiner Straße steht ein altes Haus
Es sieht leer und ganz verlassen aus
Das scheint mir zu Recht
Und wenn ich ehrlich bin
Es erinnert mich an meine Exfreundin

Das Dach hat Löcher in der Ziegelschicht
Dieses Haus ist sicher nicht ganz dicht
Der halbe Zaun fehlt auch
So dass jeder Mann
Es sich auch einmal aus der Nähe ansehen kann

Der Putz fällt ab, auch das ist schade
Denn was da glänzte, war Fassade
Das Dachgeschoss voll Wasser
Der Keller, voller Müll
Es erstaunt mich nicht, dass keiner mehr drin
wohnen will

In meiner Straße steht ein altes Haus
Im Sonnenuntergang, doch eines geht mir auf
Das Haus ist auch bald ex
Denn es wird abgerissen
Das, was es mal war, werd ich wohl trotzdem
missen ...

Bas Böttcher

Wir teilten uns uns
Du dir dich mit mir
Ich mir mich mit dir
Und blieben ganz ganz

Simon Chen

Rauchen und Liebe

Der Unterschied zwischen Rauchen und Liebesbeziehungen ist der, dass bei der Liebe – im Gegensatz zur Zigarette – das Ausgehen am Anfang kommt und die Zigarette danach.

Florian Cieslik

sau

die junge frau
saß einst ein
in einem bau
mit mauern grau
und rau
in berlin weiß man
davon genau
sie hatte ihren gatten
unter die erde geschossen
zu den ratten
dieser hatte versucht
die tochter zu begatten
ihr gesicht zeigt heut
noch deutlich schatten
die das gericht zwar sah
dennoch:
wenn sie einfach den gatten
bestatten
ist die beweislage klar
das ist strafbar

die damals junge frau
durch wasser und brot
ein wenig grau
freut sich und
bereut nicht
denn bald ist sie frei

kann den abend
noch genießen
den gatten
das weiß sie genau
begattet jetzt des teufels tochter
die alte sau!

(im wilden westen hätte
die frau im übrigen
auf dem elektrostuhl gesessen)

Bleu Broode

Es war zur Zeit der Grasmahd,
da ich mit dir im Gras lag,
doch da kam der Sensenmann,
da war der Spaß zu Ende, dann

Florian Cieslik

vertraute affäre

sie wohnten voneinander einen steinwurf entfernt
sie kannten sich nur so vom sehen
wann sie heim kam hatte er auswendig gelernt
sie schaute in sein fenster vorm schlafengehen

sie kannten sich nicht und liebten sich doch
spannten ein band von türe zu tür
sie hatte als er unter ihre decke kroch
„das wird nur 'ne affäre“ - tief im gespür

er versuchte es zu zwingen
mit argumentation
sie sagte „lass das singen“
zu viel nähe kostet die faszination

gefühlt! getan! er hat's akzeptiert
und verwundert zur kenntnis genommen
dreimal wöchentlich vorbeispaziert
ist dem verhältnis sehr gut bekommen

sie schauen noch heute durchs fenster verträumt
stellen sich geschenke vors haus
bei besuchen wird gründlichst aufgeräumt
sieht vertrauter als manche beziehung aus

Björn Högsdal

Noch ein Mann ohne Eigenschaften

Es ist unser erstes Date – und ich erkläre ihr gleich zu Anfang: Ich hätte keinen nennenswerten Charakter und sie solle sich einen ihrer Ex-Freunde vorstellen, der mit *ihr* Schluss gemacht habe, den sie aber immer noch toll findet, und sich dann vorstellen, er habe nicht Schluss gemacht und dass *ich* er sei. Das würde alles vereinfachen und ich könne mich schon anpassen …

Julian Heun

der dummfick (für elub boorde)

der dummfick war der beste bums
den je ein rammler stieß
er wusste ihren namen nicht
sie auch nicht wie sie hieß

Florian Cieslik

was ich ihr schenke

was ich ihr schenke weiß ich nicht
teekanne ohrenring bettbezug ladyshave
was ich ihr schenke weiß ich nicht
minirock seidenslip dampferfahrt seelenstrip
was ich ihr schenke weiß ich nicht
tablett fürs bett edelweiß theaterstück massageset
was ich ihr schenke fiel mir gerade ein
mich in leopardenfell und ein schlückchen wein

Björn Högsdal

Harmonie

Die Beziehung eines Bekannten hat jetzt den Punkt erreicht, an dem er und seine Frau sich so weit von einander entfremdet haben, dass der Sex schon wieder spannend geworden ist.

Wolf Hogekamp

Landwirtschaft und Liebe

Ochsen liegen auf dem Heu,
Kühe bouncen laut im Stall,
Ochsen kotzen auf die Wiese,
Kühe exen extorial.

Chicken nicken beim Picken,
Säue sausen im Stall,
Träume träumen und knicken,
Spinnen spinnen nonverbal.

Blumen blumen auf der Wiese,
Amsel, die auf Zucker zuckt,
dort will ich die Liebe lieben,
ja, das Warten wartet ohne Druck.

Marque-Régnier Hübscher

Gedanken eines wahrscheinlich doch nicht ganz zu Unrecht Verlassenen

Ich denke, ich hätte ein Auto gebraucht,
um Dich noch von mir zu begeistern,
stattdessen hab ich in Deinem Auto geraucht,
sonst gingen mich Autos 'n Scheiß an

ich denke, ich hätte mein Hobby gequittet,
um Dich noch von mir zu begeistern,
doch so war'n wir beide weiß-schwarz outgefittet
in Trikots von Fußballweltmeistern

ich denke, ich hätte mehr Muskeln benötigt,
um Dich länger an mich zu binden,
stattdessen war Huckepack völlig unmöglich
außer Du vorne, ich hinten

ich denke, ich hätt 'n Entzug gemacht,
um Dich länger an mich zu binden,
doch so war ich morgens schon zu um halb acht
und schlug Dich mit Schläuchen von hinten

ich denke, Du hättest mehr Mut haben müssen,
um danach noch bei mir zu bleiben,
doch Du hast ja eilig davontraben müssen,
so kam ich und schnitt Dich in Scheiben

Wolf Hogekamp

Total viel

Ich hab total viel sexuelle …
Und die sind … ja.
Hab ich total viel.
Ich glaub schon.
Vielleicht sind das?
Nein nicht Kultur, sexuell!
Wäre ja noch schöner, verstehste?
Ich mein, ich hab total viel sexuelle, irgendwie.
Wirklich!
Und die sind … ja, ich weiß auch nicht so genau.
Voll in echt sexuell, mein ich.
Jedenfalls hab ich total viel.

Nektarius Vlachopoulos

Ode an ________[1]

Du bist etwas ganz Besond’res.
Der Superstar auf jedem Contest.
Ohne deine Nähe darb ich,
denn deine Augen sind so … farbig.
Wie weich ist deine zarte Brust.
Ein Knotenpunkt der Fleischeslust!
Wie wohl gebogen sind die Rippen
und deine Zähne … die … münden … an die Lippen!
Und deine Haare, die sind … stufig!
Und just aus diesem Grunde ruf ich
____________[1], wie schön das klingt!
____________[2], du schönes Kind!
Nur dir allein gilt all mein Streben!
Nur du und ich und die Frau daneben …
Zu jeder Schweinerei bereit
in trauter Hundertzweisamkeit
erwecken wir das Stinketier
entfachen wir ein Stimmgewirr
in lustvoll-sanftem Bariton
nur sag dem ________________[2] nichts davon …

[1] Bitte fügen Sie hier Ihren Namen ein.

[2] Bitte fügen Sie hier den Namen Ihres Lebensabschnittsgefährten ein.

Marque-Régnier Hübscher

’ne Olle

Ich will ’ne Olle mit ’nem Goldzahn und ’nem
Laptop

– die graue Jogginghose locker lässig
über neben unter den Pradas –

und ’nem Wohnwagen.
Den mit dem Ferrari im Erdgeschoss
ganz hinten.

Eine, die auf Blumen steht, auf Igel retten
und auf harten Sex.
Von ganz hinten.

Nicht auf McDonald’s steht, sondern auf Kaviar.
Dazu ein Liter meines teuersten Natursekts.

Die das Geld nach Hause bringt
und danach den Braten auf’n Tisch.

Ich such extrovertiert geheimnisvollen Pornostar
Komma treu

Eigentlich gar nicht so schwer.
Aber eigentlich such ich was Bodenständiges.

Moritz Neumeier

Ich habe dir von Anfang an gesagt,
wie viel ich dir geben kann.
Du hast auch gar nicht lange nachgefragt
und nahmst dir meinen Nebenmann.

Torsten Wolff

Dudidu

Du, die du die Dinge drehst,
wie sie so wohl nie wahr war'n.
Wo du da die Hoffnung hegst,
würd ich gern von dir erfahren.

Doch du sagst nie, dass du mich liebst,
da du da die Diva gibst.
Seh, dass das dann mit uns nichts ist,
da du dazu zu dada bist.

Karsten Lampe

Lass mir die Sorgen für morgen
Gib mir den passenden Betrag
Ich bin mal schnell noch was besorgen
Lass mir die Ängste für den Tag

Doppelt oder nichts gewettet
Bin laufend um die Welt gejettet
Habe meine Boots danach resettet
Meine Hände eingefettet
Und dann eben mal die Welt gerettet
Oder wenigstens das Mädchen ...

Hab Höllenhunde angekettet
Fische in den Fluss gebettet
Dann das golden Goal gegetted
Das eine odere andere regretted
Vor allem doch das Mädchen ...

Wolf Hogekamp

Traumhafter Sex

Träume träumen Beulen in meine Hose,
von der Nässe, die nässt in deiner Dose.
Tief drinnen, wo mein Stecker steckt,
doch dann werd ich wach, der Wecker weckt!

Moritz Neumeier

Musik

Ich binde mich an Worte, wie mit Eisenketten.
Und weiß doch meistens nicht, was ich dir sagen
soll.
Denn selbst wenn wir nur noch die leisen hätten,
so spielten uns're Töne doch in Moll.

Denn ‚Du' und ‚Ich' sind zwei verschied'ne Dinge.
Ich spiele Kunst und du spielst nur zum Tanz.
Und weil ich eine völlig and're Tonart singe,
erinnern wir an große Dissonanz.

An etwas, das man hört, weil man es muss.
Und ganz bestimmt nicht, weil man's hören will.
Jetzt gib mir noch den allerletzten Kuss.
Und dann sei still.

Torsten Wolff

Schlechte Schwingungen

Um ihr Leben etwas abwechslungsreicher zu gestalten, ist eine Freundin auf die Idee gekommen, mal mit eingeführtem Vibrator zur Arbeit zu fahren. Es war grauenhaft, wie ich später erfuhr: Den ganzen Tag hatte sie das Gefühl, ihr Handy klingelt.

Lino Ziegel

banalitäten aus dem statischen

wir sind erstanden wir erstanden uns
wir standen auf und standen aufeinander
bestanden aufeinander und bestanden
aus standluft kussmuff frust und körperdunst

wir standen uns nicht nach doch vor
wir waren voll verstand und einverständnis
sie verstand sich ich verstand mich prächtig
verstanden wir uns warn uns taube ohr'n

wir standen uns ganz ausgezeichnet standen
uns in der sonne standen uns im schatten
doch immer zueinander so standen wir
uns zu doch uns zu oft im bild und fanden

uns nie imstande für uns im bild zu sein
gestanden uns bald ein wir standen uns
bloß aus wir überstanden uns und un-
terstanden uns stets über uns zu stehen

und wieder lagen wir unterlegen übereinander.

Marque-Régnier Hübscher

Pflegeformel

Wenn man den Etiketten der stetig wachsenden
Anzahl an Pflegeprodukten in meinem
Badezimmer Glauben schenken darf,
dann hat die Frau meiner Träume einen akuten
Feuchtigkeitskomplex.

Ohne nachzuforschen, was denn das jetzt
konkret heißen soll,
fege ich die ganze Scheiße mit einer lässigen
flüssigen Handbewegung in den Müll
und gehe dann, bewaffnet mit vier Viagra, einer
Neunschwänzigen und einem
‚DAS wollen wir doch mal sehen'
zurück ins Schlafzimmer.

Torsten Wolff

Über sie

Das Schönste im Leben ist die Poesie.
Worte in Strophen und Versen, die
Geschichten erzählen, Träume entdecken,
Herzen erwärmen, Gefühle erwecken.
Ich reiste als Dichter hinaus in die Welt.
Du bliebst zuhause, verdientest das Geld.

Das Schönste im Leben ist die Diplomatie.
Wie viel Kriege und Streit gäb es ohne sie.
Wir kamen immer gut ohne sie klar.
Kein Wunder, denn ich war ja nie da.
So brauchten wir sie nur einziges Mal,
Du schriebst: „Ich bin weg, wahrscheinlich ist's
Dir egal."

Das Schönste im Leben ist die Philosophie,
doch richtig verstanden hab ich sie nie.
Den Anfang behandelt sie sehr intensiv,
braucht a priori zum Imperativ,
doch wie man es dreht und wie man es wendet,
sagt sie nichts drüber aus, wie es endet.

Das Schönste im Leben ist die Agronomie,
niemand schaut so blöd wie das liebe Vieh.
Das Schönste im Leben ist die Dyslexie.
Sie beflügelt beim Schreiben die Phantasie.
Das Schönste im Leben ist die Urschreitherapie,
nur half sie nicht, egal wie ich schrie.

Das Schönste im Leben ist die Apathie,
denn sie bewahrt einen vor Fehlern wie
durch die Wohnung zu irren auf der Suche nach dir.
Das Bad vollzukotzen nach zu viel Bier.
Sich selbst zu zerfleischen aus Antipathie
und letztlich eins zu erkennen in der Agonie:

Das Schönste im Leben war sie.

Politik-Gesellschaft

Xóchil A. Schütz

Auf einen Tee bei Holly Heubert
Heute: Sigmar Gabriel zu Gast in Hollys Teehaus

Holly Heubert: Herr Gabriel, warum sind Sie denn so dick geworden?
Sigmar Gabriel: Sie sind aber doch unhöflich, Frau Heubert.
Holly Heubert: Ja. Tut mir leid. Aber warum sind Sie denn so dick geworden?
Sigmar Gabriel: Hm. Wo Sie so fragen – ich erinnere mich gerade daran, dass ich mich neben Claudia Roth so unbedeutend gefühlt habe. – Neben der Kanzlerin auch.
Holly Heubert: Ach. Versuchen Sie, gewichtiger zu werden?
Sigmar Gabriel *(guckt beleidigt)*: Frau Heubert, ich muss schon bitten!
Holly Heubert: Ich gebe Ihnen noch einen Tee aus.
Sigmar Gabriel: Gibt es auch heiße Schokolade?
Holly Heubert: Ja.
Sigmar Gabriel: Mit extra Zucker, bitte.
Holly Heubert: Ja, ja. Was ist nur los mit Ihnen?
Sigmar Gabriel (guckt weinerlich)**:** Ich weiß auch nicht. Ich fühle mich so unbedeutend.
Holly Heubert: Ja. Bis auf den Scharping waren Ihre Vorgänger auch alle charismatischer.

Ich weiß auch nie, was Sie sagen wollen, wenn Sie reden. Wollen Sie eigentlich wirklich irgendetwas?

Sigmar Gabriel: Schokolade. Äh. Ich meine natürlich: soziale Gerechtigkeit. Wir kämpfen für soziale Gerechtigkeit.

Holly Heubert: Wirkt auf mich bei Ihnen und der Nahles wie ein Showkampf mit der Wirtschaft. Die Sozialdemokraten als Gerechtigkeits-Wrestler –

Sigmar Gabriel: Ich sollte Sport treiben. Aber ich habe keine Kraft. Sie glauben gar nicht, wie anstrengend die internen Parteikämpfe sind.

Holly Heubert: Aber Sie haben sich ja breitgemacht.

Sigmar Gabriel: Ja. Gott sei Dank.

Holly Heubert: Hier. Die Schokolade.

Sigmar Gabriel: Wunderbar.

Holly Heubert: Politik machen wir dann morgen.

Sigmar Gabriel: Ja, ja. Frühestens. Genau.

Björn Högsdal

Wachsamkeit unerwünscht

Eine Erfahrung haben mich Flugreisen gelehrt. Man erhält nicht die verdiente Anerkennung, die man sich allgemein vielleicht vorstellt, wenn man am Flughafen alle verdächtigen Moslems meldet, die einem so auffallen. Jedenfalls nicht in Istanbul.

Dominik Bartels

Das Motiv

Der Kluge handelt mit Bedacht,
der Romantiker aus Liebe.
Der Alte handelt aus Erfahrung,
der Junge aus Neugier.
Der Reiche handelt aus Kalkül,
der Arme aus der Not heraus.
Die meisten handeln, weil sie müssen,
doch nur wenige aus Überzeugung.

Xóchil A. Schütz

Auf einen Tee bei Holly Heubert Heute: Helmut Kohl zu Gast in Hollys Teehaus

Holly Heubert: Herr Kohl, Sie haben ja damals Ihre Ehefrau betrogen.
Helmut Kohl: Ja, selbstverständlich.
Holly Heubert: Äh –
Aha. Ja. Mehr wollte ich gar nicht wissen.
Helmut Kohl: Na dann.
Holly Heubert: Ach. Doch. Sagen Sie – diese Lichtkrankheit, die Ihre Frau hatte …
Helmut Kohl: Ja?
Holly Heubert: … ob sie Sie einfach nicht mehr sehen wollte?
Helmut Kohl: Ja, sicherlich.
Holly Heubert: Oh. Dramatisch.
Helmut Kohl: Ja. In meinem Leben gab es Wichtigeres.
Holly Heubert: Sie meinen – die Wiedervereinigung?
Helmut Kohl (gähnt)**:** Ja, die Wiedervereinigung.
Holly Heubert: Oder Ihre Sekretärin?
Helmut Kohl: Ja, natürlich.
Holly Heubert: Kinder?
Helmut Kohl: Zwei Söhne.
Holly Heubert: Herr Kohl, ihr Leben ist beeindruckend.
Helmut Kohl: Danke. Danke. Na dann.

Bleu Broode

Familienprobleme

Wenn mein kleiner Bruder Immo nun schon wieder den ganzen Tag vor dem Rechner sitzt und Counter Strike zockt – und wenn Mutter ihn dann lautstark ermahnt, er könne doch genauso gut draußen spielen, dann merkt man, dass sie aus der jüngsten deutschen Geschichte nichts gelernt hat.

Dominik Bartels

Pablo

Mein Freund Pablo ist Bergarbeiter.
Er arbeitet in einer uralten Silbermine in den Bergen Boliviens.
Genau wie seine Kollegen schuftet er jeden Tag vierzehn Stunden.
Das Geld reicht gerade, um die fünfköpfige Familie zu ernähren.
Die Hütte, in der sie hausen, gehört dem Minenbesitzer.
Es gibt keinen Strom, kein Wasser und keine Toilette.
Der einzige Luxus in der Behausung ist ein Fernseher,
gespeist von einer Autobatterie, die schon seit Wochen leer ist.
Die Kleinsten spielen mit Steinen, leeren Coladosen oder einem Lumpenball.
Eine Schule haben sie niemals besucht.
Verzweifelt versucht Pablo Doppelschichten zu bekommen,
damit es sonntags vielleicht ein Stück Fleisch gibt
oder der kleine Ricardo endlich sein erstes Paar Schuhe bekommt.
Vor zwei Jahren ist sein Vater in der Mine tödlich verunglückt.

Er war nur einer von vielen in einem Land,
wo es genügend neue Arbeitskräfte gibt.
Mein Freund Pablo ist gerade einmal elf Jahre alt.

Theresa Hahl

türhüterparabel

stehen auf den zehenspitzen aller möglichkeit
fehlt doch meistens der besitz von ausgeglichenheit
wo ideen der vermissten chancen
in der zwischenzeit vergehen
ungewiss und was dann übrig bleibt
ist das schwanken
wie vom sitzen aufgestanden
gleicht dem wanken
zwischen niemals wissen
und der sicherheit
die man erlangt
sobald man nicht mehr schwankt
vor den geschlossenen türen
und es quietscht in den scharnieren
von der ahnung aller wege
die man einmal geht
obwohl man selbst ganz unbewegt
und immer noch auf zehenspitzen
vor den türen steht
mit der hand auf kalten klinken
harrt man lang in ihren winkeln

helles licht bricht sich im rahmen
stimmen dringen aus dem innern
in den zimmern spielt musik
sie ruft leise einen namen
der person die sie vor jahren

in die leeren zimmer schrieb
und du denkst du kennst den namen
dich zu erinnern an das lied
doch das wagnis zu erfahren
überwiegt
denn man fragt sich was geschieht
wenn diese tür trotz all des wartens
doch verschlossen blieb

Bleu Broode

Ohne Titel

Als Theologiestudent treffe ich mich recht häufig mit meiner Studien-Gang. Und wenn wir dann da sitzen, uns die Hostien in die Kiefer malmen und das Weihwasser hinter die Binde kippen, dann machen wir dabei solche Bibel-Lese-Jam-Sessions. Bei einer dieser ging es neulich darum, dass doch im Alten Testament relativ häufig körperliche Liebe betrieben wird (also, es wird hart gebumst). Das Ganze wird aber nie genau angesprochen, es wird immer umschrieben und zwar als: Er erkannte sie. Krass, dachte ich mir und lernte. Das nächste Mal, als ich mich schlecht fühlte, schlug ich den Weg der Besserung ein und übte Selbsterkenntnis.

Florian Cieslik

Als meine Mutter starb

Als meine Mutter starb, da ging das nicht
Zuvor müsst ich 'nen Antrag stellen
Das Amt kannte keine Nachtschicht
Und so ging das nur im Hellen

Sie war recht ungeduldig
Denn ihre Zeit war jetzt gekommen
Ich bin Beiblatt C und Formblatt K noch schuldig
Sagte sie beklommen

Das Preußentum ist lange her
Wir ham's uns gut behalten
Das wir mit dem Gewehr
Uns Menschen gut verwalten

Als meine Mutter starb, da ging das nicht
Denn Lohnbelege müsst ich geben
Das Amt kennt keine Nachsicht
Tut uns leid: Sie müssen leben!

Christian Ritter

Nicht weinen

Da kauert ein Mädchen auf dem Blumentrog vorm Kaufhaus und weint, es weint fürchterlich, es schluchzt und grunzt und trieft aus der Nase. Um es herum stehen seine Freundinnen und streicheln und reiben Schulter und Beine. Das Mädchen lässt sich auch von den acht Händen nicht beruhigen und kreischt, dass es mir in der Seele sticht. Ich denke „Die Mutter, es kann nur die Mutter sein, böser Brustkrebs oder schon gestorben“, gehe hin und will helfen, irgendwie.

Nicht ganz angekommen, höre ich die tröstenden Worte der weisesten Freundin: „Hey, nicht schlimm, du bist das erste Mal beim Klauen erwischt worden. Und mit 13 bist du noch nicht strafmündig.“

Ein Lächeln huscht über das Gesicht des Mädchens. Ich husche schleunigst davon.

Wolf Hogekamp

fernebedienen

oh nö oh no
echt too much und klick
echt nicht so geil der shit und klick
geh näher ran, geh, muss gehn,
und kuck gaff (wie kacke ist das denn?) igitt und klick
kann nichts sehn und klick
auch nichts verstehn und klick
im tagesgeschehen so blind und klick
falsches programm, zu lahm, falscher alarm, ist lahm ...
und noch ne runde diskutiert und klick
und noch ne message absorbiert und klick
und noch ne message inhaliert und klick
noch mehr paranoia, die dich fickt (du du du!!!
du liebst mich nicht mehr)
busch busch busch,
rums, einer wird erschossen
und eine lacht sich dabei tot
einer fällt plötzlich um
und zack, dann sind alle weg
ich dreh am rad zu stark
das geht nicht gut im wald
im deutschen wald nicht gut
bumm zack boing aus!
schmeiß tv zum fenster raus!

Sebastian 23

Antwort

In einem Bewerbungsbogen wurde ich einmal gefragt, wo ich mich in zehn Jahren sehe. Ich schrieb: im Spiegel.

Florian Cieslik

rückkehr zur normalität (nach dem terroranschlag)

gehen sie zurück in die büros
verkaufen sie weiter waffen

gehen sie zurück machen sie arm weiter ärmer
und reich weiter reicher

gehen sie zurück schlagen sie weiter ihre kinder

gehen sie zurück an ihren eigenen kleinen
kriegsschauplatz

gehen sie zurück denken sie wieder nur an sich

Björn Högsdal

Berlin

Es schrieb da ein Mann aus Berlin,
ein Buch? Nein, das hat's nicht verdient!
Ein Zündler im Geist,
begründet auf Scheiß,
sein Name? Thilo Sarrazin!

Bleu Broode

Lebenslauflücke II

Als ich drei Tage später in einer dunklen Höhle und mit einem Kater biblischen Ausmaßes erwachte, wurde mir klar, dass ich das letzte Abendmahl mit den Jungs dann doch etwas zu weit getrieben hatte. Und krass! Woher kamen diese Löcher in meinen Händen?

Florian Cieslik

tchackeliene!!!

(regieanweisung zum selbstversuch:
erziehungsberechtigte im einkaufszentrum
hält die rechte handinnenfläche
einwärts gedreht, in richtung
kleiner schreiender tochter
namens jacqueline, die hand ist dabei so hoch,
dass sie das eigene linke ohr bedeckt,
wichtig ist ein zornverzerrtes gesicht)

booh tchackeliene du alte sau
isch hau disch grün und blau
isch hab das den keffinn
auch schon gesacht
jetzt hast du drecksstück
das genauso gemacht
tchaaaaaackeliiiiieeene
du fasst hier nichts an
ckckommst du hierher
ich geb et dir dann
tchackeliene fräulein
isch sachs dir einmal
na warte wenn der papa
na hause kommt
dann siehste nächste woche
die sonne nicht mehr!

tchackeliene tchackeliene
fräulein meier!!
tchaaaaaaaackeliiiieeeene!!!

Christian Ritter

Generationenproblem

Das Komische an der Tragik, dass ich so blöd war, an einer Bushaltestelle meine Adresse und Unterschrift auf einem Formular für Tierschutz zu hinterlassen, um damit unwissentlich ein Zweijahresabo der HÖRZU abzuschließen, war die Reaktion meines Anwalts: „Das wird billig für Sie, ich habe schon einen fertigen Einspruch formuliert. Seien Sie froh, dass mein Sohn genauso naiv ist wie Sie."

Theresa Hahl

wieder neu von vorn

als schon der morgenmahlstrom längst erwacht
in trüber tracht fahl durch die fenster klafft
haben gähnende gespenster dieser nacht
einen letzten tranceertränkten tänzer vorgebracht

die dunkelheit trinkt noch in seinen knochen
das licht hat nicht den schein durchbrochen
vom ausgebleichten blick allein versprochen
was unergründlich lebt im bein ein pochen

sein kopf wiegt im takt
der musik die ihn packt
und er biegt ganz exakt
seine glieder im akt
in der anmut der kraft
die den rhythmus erschafft
völlig ohne bedacht
immer weiter zum beat
der die frage vermied
was da kommt nach dem lied
denn in diesem moment
ist da ja noch musik

er strauchelt und stolpert wirkt unstet verwegen
über höhen und tiefen die sich vor ihm erheben
versucht weiter zu schweben doch er muss sich
ergeben

und scheint doch zumindest in bewegung am leben
wiegt er weiter im beat voll und ganz gebannt
so als hätte sein schritt nie dissonanz gekannt
denn jede regung des verstands bestand
ganz allein in diesen tanz gebannt

zu viel bunte farbe ziert den abglanz
mit dem man scheinbar schatten schlägt
zu wenig grazie bestimmt den balltanz
der uns in seinen gliedern trägt

und der glaube dreht sich weiter
wie ein mühlrad ohne korn
ein karussellpferd ohne reiter
einmal am ende wieder neu von vorn

Temye Tesfu

unterschiede

auf der bank liegen die penner die riechen
in der bank liegen die pennys der reichen

der bartträger bestellt
an der bar bier
und würgt einen schnaps
verliest abermals nen
aushang zum vertreib
und verspricht
sich erheitert

der bartträger entstellt
von nem barbier
und wirkt eingeschnappt
verleast über mails nun
aus hang zum vertrieb
und verspricht
sicherheit

beide gehen ihren weg beide gehen weg
auch ohne ein jüngstes

nach dem letzten gericht
heißt das wohl
asche zum becher
staub zum sauger

Julian Heun

hast du „hitler“ gesagt?

bitte beende jede diskussion mit einem
hitlervergleich. denn:
der hitlervergleich ist der hitler der vergleiche.

Björn Högsdal

Lehrer Incognita

Noch immer wäre es ihm lieber, er hätte die Tür zum Kartenraum der Schule nicht im falschen Moment geöffnet. Zu zwei Erkenntnissen hatte ihm der unangenehme Zwischenfall mit dem masturbierenden Geographielehrer aber verholfen:

1. Auch 500 Jahre nach Christoph Columbus sind noch viele weiße Flecken auf der Landkarte zu finden.

Und:

2. In diesem Jahr würde seine Note in Erdkunde bedeutend besser ausfallen als sonst.

Toby Hoffmann

stücke

sie schlugen
alles in stücke
wie die hooligans
zuletzt die schafe
die niemand mehr
zählen konnte
von denen keiner
noch etwas wollte
nur noch schlaf

alles schlugen
sie in stücke
sagt großvater
hält sprechstunde
verbindungen schlagend
alt geprügelt mit arbeit
für- und vorsorge
sagt er braucht nichts mehr
nur ein wenig schlaf

in stücken alles
der totale schaden
war nicht zu ermessen
schlug ein loch
in die herzen
schläfer gibt es
in jeder familie

sie sind zerstreut
in den vier wänden
schläger und klugstöcke
dünne skelette verteilt
in alle himmelsrichtungen

zuletzt die dramen
mit tausend tiefen tränen
nur allzu gern
ließen sie sich schlagen
die klassischen damen
in schale geworfen
schlugen alles in stücke
die möbel warfen alles
aus dem fenster hinaus
an die frische luft
die wurmstichigen betten
laken weiß gewaschen
wie jeher „schabbes machen“
und dann darüber schlafen
bis es vergessen ist
wie ein schlechter film

Wolf Hogekamp

Kampfmittelräumdienst

Schwarz ist die Nacht,
Nacht aus Blei.
Blutader tief.
So glücklich, so ruhig,
so selig, so friedlich.
Nur du, mein Kampfmittelräumdienst.
Mehr Heroin.
Nichts stört, nichts irritiert,
keine Repression, keine Repression.
Niemand streitet, niemand schreit,
kein Opfer, kein Opfer.
Nur du, mein Kampfmittelräumdienst.
Mehr Heroin.
Vereinfachung.
Nostalgie.
Sentiment.
Nacht aus Blei.
Nur du, mein Kampfmittelräumdienst.

Björn Högsdal

Widerstand

„Papa“, fragt mein Sohn, „warum steht da draußen eine Antiterroreinheit?“

Ich feuere mit der Uzi durch den Briefschlitz und löse die Sprengfallen im Garten aus, während mein Sohn die Panzerfaust nachlädt.

„Weil wir die alten Glühbirnen verwenden, mein Sohn.“

Meine Frau bewirft die Einheiten vom Balkon aus mit den neuen giftigen Energiesparlampen. Es gibt viele Opfer. Das Sondereinsatzkommando kann nicht orten, von wo die Geschosse kommen, und tappt weiter im Dunkeln. Obwohl die Flutlichtstrahler der Polizei mit den neuen Birnen vor einer Stunde angeschaltet wurden, haben sie noch immer keine ausreichende Helligkeit entwickelt. Wenn sie das Haus stürmen, werden wir sie damit überraschen, dass es in dem Moment sofort vollständig hell wird, in dem ich den Lichtschalter drücke. Damit rechnet niemand. Man muss sich seine Kämpfe aussuchen. Dies ist meiner.

Christian Ritter

Trendgetränk

Selbst auf dem heimischen Dorf-Weinfest gibt es kein Entkommen mehr. An jedem urigen Familienstand wird auf der Schiefertafel Aperol Spritz feilgeboten. Ich fühle mich von diesem Trendgetränk verfolgt, ja belästigt, bedroht. Wenn es denn wenigstens schmecken würde. Das geht schon drei Sommer lang so. Es wundert mich, dass Das Erste noch keinen „Brennpunkt" dazu gesendet hat.

Der Gipfel war erreicht, als ich in einer hessischen Heckenwirtschaft im Wortlaut einen „Äppelwoi, g'spritzt" bestellt habe. Was hat mir die ohrenkranke Bedienung wohl serviert?

Jede Plage geht mal vorüber. Nur dauern sie leider meist sieben Jahre. Durchhalten!

Torsten Wolff

Schuld und Grüne

Und übrigens, liebe Vegetarier: *Nüsse* sind ungeborene Bäume. Habt ihr da schon mal drüber nachgedacht?

Toby Hoffmann

blau

die drehenden wände anhalten
die hände aufhalten
mit küssen den beton sprengen
und die flaggen hissen
mit samthandschuhen
am stacheldraht zerren
die gruben ausheben
am horizont weitergraben
aus der erde einen schneeball formen
wie eine mottenkugel rollen
gegen die mattscheiben schmettern
aus den scherben ein schloss bauen
eine festung falten aus formularen
fassaden mit der schere zerschneiden
mit skalpell die stahlkörper ausweiden
die haut von der oberfläche abzieh'n
und gerben
den himmel endlich rosa färben
wie die brillen
oder lieber blau

wie das meer

Wolf Hogekamp

Life is hard in Germany

Life is hard in Germany,
singing in the rain.
Getting faster, going harder,
only feel the pain.
Make me nervous, make me think,
I guess it's my brain.
In my head it's darkly dead
and I don't know why.
Life is hard in Germany
Maybe I should cry.
Open minded and so clean,
I am on my way.
Educated she asked me,
please can you stay?
Will she save me from what or who,
I do not know.
I am only yesterday,
I guess I have to go.
It's a shame to think
about yesterday.
Life is hard in Germany,
so why should I stay?
Cannot find another place,
looking everywhere!
Cannot find another space,
friends are not there!

It's getting darker all the time,
so dark, so Germany.
I see the sun,
and the sun sees me.
It's the only game I know,
it's the game of me.
Life is hard in Germany,
singing in the rain.

Dirk Huelstrunk

Die Handlung

Etwas Schreckliches war passiert. Das Schreckliche passierte immer wieder. Niemand wusste, warum es geschah. Jetzt musste etwas geschehen. Eine Handlung war gefragt. Die Umstehenden schlenkerten nervös mit den Armen und drehten ihre schnell atmenden Köpfe.

Zufällig kam der Inspektor vorbei, die Hände mit Einkaufstüten behängt. Ein Baguette, Salatblätter und der Kopf einer billigen Weinflasche ragten heraus. Der Inspektor wollte sich einen gemütlichen Abend vor dem Fernseher machen. Einen spannenden Film sehen, sich zurücklehnen und sanft vom Brot und Rotwein erwärmen lassen. Schließlich würde er sich entspannt schlafen legen und spannende Träume haben.

Etwas Schreckliches war passiert. Das Schreckliche passierte immer wieder. Niemand wusste, warum es geschah. Eine junge Frau war involviert. Ein Friseur, ein Lebensmittelladen, ein Baguette waren involviert. Tropfen von Rotwein und kleinste Reste von Salat. Zufällig kam der Inspektor vorbei, der das alles schon mal gesehen hatte.

Temye Tesfu

Revolutiongegenrevolutiongegenrevolution

déjà-vu vis-à-vis tête-à-tête mit
einem der wetterfest aufs parkett tritt
im sturm der entrüstung sich lallend flüchtet
die fenster sind allesamt abgedichtet

jetzt pochen wutkochend soldaten
verschanzt und du kannst nichts als warten
du ahnst dass dein wanst auf x arten
tranchiert werden könnte zu schwarten

statuen stürzen nun statisch stumm um
hier rümpfen der nase und da triumph-trumpf
demnächst jedem ex-ziel: exil im alzheim
man tauscht ideale nun gegen deals ein

despoten erbost mon- wie sonntags
mit reden ganz bar jeder syntax
die einst jubilierten sind in haft
denn ansichten an sich sind sündhaft

Christian Ritter

Hilfe zur Selbsthilfe

Als ich den armen alten Mann im Rollstuhl am Wegesrand stehen sah, mit seinem ungelenk bemalten Pappschild vor sich auf der Straße, auf dem geschrieben stand „Ich bin alt und arm. Geben Sie mir bitte Geld!“, hatte ich das dringende Bedürfnis, ihm zu helfen.

Ich trat auf ihn zu, sah ihn aufmunternd an und sagte einfühlend: „Sie könnten wirklich mehr aus Ihrem Leid machen. Lernen Sie doch ein Instrument! Das Bettelmädchen da vorne zum Beispiel spielt sehr gut Blockflöte. Die verdient mehr als Sie.“

Nun hatte ich nicht damit gerechnet, dass er sich in Dankbarkeitstiraden ergeht, die empörten Kommentare einiger Passanten nahm ich auch billigend in Kauf, dass aber der arme, alte, gelähmte Mann plötzlich aus seinem Rollstuhl aufsprang, zwei Schritte auf mich zu tat und mir eine donnernde Rechte verpasste, hat mich doch etwas überrascht.

Peter Janicki

Widerstand

Alles Kindergarten, dachte ich mir, was sind denn das für Probleme, ich müsste mal was ganz anderes machen, auch um die Relationen mal wieder hinzukriegen. Und raus aus diesem Studientrott, raus, aus dem ich eh raus bin. Vor 60, 70 Jahren hätte man in den Widerstand gehen können, da könnte man dann heute stolz drauf sein, also damals auch, aber damals halt mehr so für sich, und so 'n bisschen positives Feedback von der Allgemeinheit ist ja schon wünschenswert.

Aber selbst wenn man aufs Feedback pfeift, wogegen denn heute Widerstand leisten? Vielleicht Widerstand gegen den Hunger in der Welt, gegen AIDS, gegen die Tiernutzung oder gegen die Klimakatastrophe? Aber selbst wenn man sich zu so was entscheidet, und das wären ja vielleicht noble Ziele, irgendwo muss man ja trotzdem Geld verdienen, und wenn man dann neben dem Widerstand eh jobben muss für miese Stundenlöhne – und dann halt noch diesen Widerstandskram zusätzlich am Hals –, da ist es dann vielleicht doch besser, erst mein Studium zu beenden, dann 'nen richtigen Job, und dann kann ich mir den Widerstand vielleicht auch finanziell leisten.

Wolf Hogekamp

spacko! (Sick banger)

spasten spacken in die augen
spasten hasten in den gassen
spasten bohren in den ohren
lass ma spackospasten hassen!

Xóchil A. Schütz

Anmut und Askese

Ich wäre so gerne eine Königin. Eine kleine, wilde und wollüstige. Also suche ich nach einem König. Ich treffe aber immer nur Männer, die gerne ein König wären. Die suchen dann nach einer Königin. Und treffen zum Beispiel mich. Dann sind beide Seiten bald enttäuscht, weil sie sich ja geirrt haben und noch gar nicht bei ihrem König beziehungsweise ihrer Königin angekommen sind.

Ich wäre so gerne eine kleine, wilde Königin.

Ich glaube, ich will zu viel.

Ich muss mich daran gewöhnen, dass ich eigentlich eine kleine, arme und alleinstehende Weddinger Hausfrau bin. Die trotzdem ihren Stolz hat. Bei mir im U-Bahnhof hängt ein Plakat, da steht drauf: *Anmut und Askese*. Das ist es, denke ich, anmutig und asketisch will ich durch meine Straßen wandern, meinen Besitz will ich verschenken, ach, geht nicht, habe ja keinen.

Anmut und Askese ist der Titel einer Ausstellung im Indischen Museum. Da fahre ich also mal hin. Es ist im tiefsten Dahlem, und so sehen auch die Leute aus, die da arbeiten. Ein bisschen vertrocknet. Aber das passt gut zu dem Herbstlaub, das vor der Tür liegt.

Ich gehe durch das Foyer. Wo ist denn nun die Ausstellung?

Plötzlich stehe ich in der Museumscafeteria, und vor mir steht ein gar nicht vertrockneter, sondern extrem fruchtiger junger Kellner. Ich sage: „Wo ist denn die Ausstellung *Anmut und Extase* ... äh, also, ich meine *Anmut und Askese*?"

„Keine Ahnung", sagt er. „Ich kenne mich nur mit meinem Kaffee aus."

Schade, denke ich und verirre mich in eine Ausstellung, die nicht die ist, die ich suche und werde dann von einer Museumswärterin dahin geschickt, wo ich hin will.

Als ich da bin, bin ich aber nicht sicher, ob ich da bin, wo ich hin will, die Ausstellung ist nämlich ziemlich langweilig.

Ich wandere trotzdem von Exponat zu Exponat, so kann ich mich gleich weiter in Askese üben.

(aus: Xóchil A. Schütz: Auf der Suche nach der entgangenen Milch. Literatur Quickie Verlag 2011)

Karsten Lampe

Schulden:

Guten Tag, wir sind 3 Schläger
Geschickt hat uns Herr Jäger
Dem schuldest Du noch hundert Scheine
darum brechen wir Dir jetzt die Beine

Sulaiman Masomi

Beweg dich nicht,
sag kein Wort,
betrete nicht den Rasen,
bring den Müll raus,
iss keine Schokolade,
gehe nicht über Los.
Trink keine Cola,
ziehe keine 4000 Euro ein,
gib mir dein Geld,
vergifte deine Freunde,
fahr nicht in den Urlaub,
vergiss die Provence,
verlasse die Toskana,
arbeite,
füll Formulare aus,
kauf Dinge, die du nicht brauchst,
brauche Dinge, die du dann nicht mehr kaufen
kannst,
verbrauch nicht meine Luft,
leg dich einfach auf den Boden,
melde dich an, melde dich ab,
rauche nicht, wenn du es magst,
fang damit an, wenn du es noch nicht tust,
beende nicht dein Studium,
beende dein Leben.

Moritz Neumeier

Ihr Revolutionäre

Ihr habt eure Fahnen aus Jute gestrickt
und wollt sie nun feierlich schwenken.
Und Wolfgang hat gestern mit Ute gefickt
um ihr die Erkenntnis zu schenken.

Christian Ritter

Kinder sind teuer genug

„Junge, du magst doch Wasser?"
„Lieber Cola."
„Gutes, frisches, kaltes Wasser ..."
„Hmmnö."
„Das ist doch lecker! Hach, Wasser!"
„Meinetwegen."
...
„Fräulein, für mich bitte einen XXL-Cappuccino! Mit ordentlich Schokostreuseln. Bekommt man da vielleicht ein Glas Leitungswasser gratis dazu?"
„Selbstverständlich."
„Dann bleibt es dabei."

Torsten Wolff

Sie parkten

Neulich ist mir etwas Komisches passiert.
Zum Glück hat man mich gleich informiert
auf einem kurzen Brevier auf rotem Papier
sagte man mir:

Sie parkten

im Halteverbot
im eingeschränkten Halteverbot
ohne Parkschein
mit abgelaufener Parkzeit

auf dem Gehweg
auf einem Parkplatz für Behinderte
an einem Taxistand

gegen die Fahrtrichtung
ohne Warnmaßnahmen
in einer Fußgängerzone
weniger als fünf Meter vor einer Kreuzung
auf einer Grünfläche

Dachte stolz, was für ein übler Finger ich doch
sein kann.
Stellte sich aber dann raus:
War leider nur zum Ankreuzen
und ich habe nur zwei
von zwölf möglichen Punkten erreicht.

Daniel Terek

Chart- und Gipfelstürmer

Als im Februar 2010 deutsche Finanzämter mit Steuersünder-CDs aus der Schweiz überschwemmt wurden, zeigte sich, dass das exzentrische Alpenvölkchen den Zwang verspürt, Deutschen CDs zu verkaufen. Eine Obsession, die mit DJ Bobo sehr harmlos begann.

Temye Tesfu

Disappear

dass ab hier jedweder wegweiser dich
vereinsamt in die irre verrückt
fast wie ein vorwort für den letzten dreck
und auf fast forward deine zeit verreckt
dass ab hier man dem sein den sinn nun
schlechterdings schlicht aberkennt
dass ab hier die game-over-sounds
im minutentakt ertönen
dass ab hier alle weichen auf sturm
stehen sowie wirbelwindböen
dass ab hier die büchse pandoras
trotz des pressluftbohrers klemmt

ist kein grund zum beunruhigungseisprung
oder eignung für gekicher aus verzweiflung

deshalb hier: inne halten

denn alles verschwindet dereinst und
nur so viel ist sicher[1]

---

[1] addendum: die erde? die bleibt ... rund

Xóchil A. Schütz

Auf einen Tee bei Holly Heubert Heute: Philipp Rösler zu Gast in Hollys Teehaus

Philipp Rösler: Frau Heubert, ich hätte meinen Tee gerne mit Milch!
Holly Heubert: Dazu würde ich Ihnen nicht raten, Herr Rösler.
Philipp Rösler: Oh. Warum das, Frau Heubert?
Holly Heubert: Sie sind so ein süßes Milchgesicht. Aber in der Politik passt das nicht. Sie sollten aufpassen mit Milch.
Philipp Rösler: Oh. Gut. Dann nehme ich den Tee ohne Milch.
Ich sollte nie mehr Milch anrühren!
Holly Heubert: Na, na, Herr Rösler, Sie legen aber einen Ehrgeiz an den Tag.
Philipp Rösler: Ja, und darauf bin ich etwas stolz, Frau Heubert.
Holly Heubert: Ja, bei den kleinen Aufsteigern ist das meistens so.
Philipp Rösler: Ich bin Parteivorsitzender!
Holly Heubert: Ja, wunderbar. Na ja.
Philipp Rösler: Wie?
Holly Heubert: Na, alles so aalglatt bei Ihnen. Früher konnte man sich mit Ihrer Partei auseinandersetzen. Heute sitzen die Ehrgeizlinge in der ersten Reihe, zeigen auf und drehen sich nicht um. Wenn sie dann den Mund aufmachen,

steigen Blasen auf. Womit soll man sich denn da noch auseinandersetzen?

Philipp Rösler: Frau Heubert, Sie haben die FDP ganz falsch dargestellt und nicht verstanden. Wir wollen Freiheit!

Holly Heubert: Eine Freiheit, die die meisten unfrei macht, so stellt sich das doch dar.

Philipp Rösler: Frau Heubert, das diskutieren wir! Das diskutieren wir aus! Jetzt muss ich aber los!

Referenzen

Florian Cieslik

das kreuz mit dem reim

die irrwege der menschen sind dunkel und lang
wir lieben poesie dass es reime hagelt
was der mensch liebt zerstört er dann und wann
und hat den reim ans kreuz genagelt

Dominik Bartels

Wettbewerb

Da sitzt sie nun vor mir,
die in Anzug und Kostüm gegossene
Langeweile.
Sie nennen sich Juroren, Kritiker oder gar
Literaturexperten,
und äußern, meine Lyrik tauge nichts.
Es fehle ihr an Rhythmus, Sprachgefühl und
Stil.
Die Zeilen seien zu plakativ und nicht einen
einzigen Reim würde ich zustande bringen,
dabei sei gerade dies die Königsdisziplin der
Poesie.
Ich antworte, dass die Kunst doch darin bestehe,
das eigentlich Unbeschreibliche in Worte zu
fassen.
Darauf hebt der Vorsitzende eine Augenbraue
und erklärt mir herablassend,
dass es nicht darum gehe, etwas Wahres zu
sagen, sondern etwas wahrhaft Schönes.
Die Verse eines Gedichtes müssten sich wie eine
unsichtbare Melodie miteinander verbinden.
Ein lyrisches Meisterwerk klinge schon beim
ersten Lesen wie eine Sinfonie.
Wenn er Rilke lese, dann höre er ein ganzes
Orchester,
meine Dichtung erinnere ihn dagegen an ein
schlecht gestimmtes Klavier.

Ich stehe auf, lächle den Kulturpapst samt
seinen Messdienern herzlich an
und bevor ich tatsächlich doch noch in ihrer
schöngeistigen Anthologie ende,
brülle ich zurück:
Fickt euch!

Bas Böttcher

Was stehst du an der Stelle da?
– Ich stelle dar, ich stelle dar.
Wen oder was stellst du da dar?
– Den Darsteller, den Darsteller.

Florian Cieslik

Extravaganz

Gans war extra!
sagte der Kellner
extra war Gans?
fragte ich
Ja! Sagte der Kellner
Ich legte ihm lächelnd
einen Tausend-Euro-Schein
auf den Tisch
nimm du Arschloch
ist druckfrisch
öffnete meine Hose
und pinkelte in die Soße.
So etwas hatte der Kellner noch nicht gehabt
während er nach Luft schnappte
Chef und Polizei alarmierte
war ich in den Körper
der Frau gegenüber geschlüpft
die wiederum nicht schlecht staunte
als sie in meinem letzten „Ich" abgeführt wurde.
Ich zog mir auf dem Tisch tanzend das Kleid aus
spielte mit den Brüsten
und begann den Chef endgültig zu entrüsten
doch bevor der was sagen konnte
war ich er
Lachte und tanzte durch sein Lokal

versorgte die Reste der Gäste feudal
und dachte Extravaganz wäre
Dichter solcher Phantasien zu sein

Pauline Füg

Zukunft

Ich behalte das Ziel im Auge
und hoffe nur: diesmal eitert's nicht raus.

Nora Gomringer

Exposé mit Hundeexkurs

Dorian will schreiben, Mia auftreten, Thorsten ausschlafen, Götz lustig sein, Mama lesen, Papa Gesellschaft, David einen Hund. Egal welchen.

Florian Cieslik

fernsehen

VolvoIbmEspritLiebknecht

SonyPoloAxeSwatchSiemens

BerentzenEpsonIntelMars

FujitsuInterkomLegoMotorola

Björn Högsdal

Remake

Wenn man dem 3-jährigen Sohn in Denkfaulheit zum Einschlafen statt eigener Ideen eine sehr gekürzte Fassung von Hamlet erzählt, kann es sein, dass Sohn nicht zufrieden ist, wenn am Ende alle tot sind und der Rest Schweigen ist – und dass man dann ein neues Ende erfinden muss, in dem Hamlet zusammen mit Winnetou und Speedy Gonzales einen Drachen besiegt, Pirat wird und am Ende feiern alle eine Party mit ganz viel Süßigkeiten und Limo. Da hätte Shakespeare auch selbst drauf kommen können.

Marque-Régnier Hübscher

Der nasse Benz

Kennst Du das?
Manchmal verpennst Du was ...
drehst Dich um und starrst erschrocken durch das
Fensterglas
auf den Schlüssel, der noch drinnen liegt
ganz toll hast Du das hingekriegt
hockst vor Deiner Türe und der Benz wird nass.

Kennst Du das?
Manchmal verrennst Dich fast ...
machst Dich auf tausende von Lesern, Groupies,
Fans gefasst
doch das hier ist kein Limerick
er reimt sich nicht einmal komplett
was deutlich zeigt, dass Du als Dichter Grenzen
hast.

Kennst Du das?
Plötzlich erkennst Du dass
Dein Reim und Schema höchstens in Tendenzen
passt ...
’n nasser Benz? Poesie?
Sinnlosigkeit! Dreck! Idiotie!
So schmeißt Du schließlich alles hin und hängst
am Ast.

peh

halbwach

halbwach gefangen zwischen träumen in der existentiellen krise. ist es noch quarter- oder schon midlife? der wecker nutzlos, die worte bleiben aus und der mut. aber zwischen ruinen regnet es schöner.

Quichotte

Ein Gedicht

Ein Gedicht ist ein Gedicht
und weiter nichts
es sei denn, es gerät in jene
Hände
eines Lehrers, in die
Wände
einer Schule, nun, die
Wände
einer Schule sind das
Ende
des Gedichts

Patrick Salmen

Der Wunderknabe – Eine Autobiographie

Bevor mir wurd gelehrt das Schreiben
Las ich schon des Werthers Leiden
War leise wie ein Stummfilm, Goethe
Nannt ich meine Sumpfschildkröte

Die Tante dacht „Schau, oh, wie praktisch
Der Junge lernt autodidaktisch“
Der Schule nun durft fern ich bleiben
Solch Kosten wollt man gern vermeiden

Schnell lernte ich das Letternschmieren
Sie sollten bald die Blätter zieren
Kurz ließ die Tant’ den Wunderknaben
Allein so ohne Unterlagen

Und wie ich dann im Schreibwahn war
Da waren keine Schreibwar’n da
Als ich darauf im Duden suchte
Las ich was von Judenbuche

Kein Blatt zur Hand, doch da Gardinen
Ja, sie sollten mir gar dienen
Nun dient zu Tantes Trotz der Tüllstoff
Zur Rezension von Droste-Hülshoff

Auch stanzt ich mit dem Messer mehrmals
Ein Gedicht des Hesse Hermanns
Die Tür ging auf, da stand die Tante
den Teppich ziert ein Band von Dante

Und wie es dann so dumpf mild tönte
Sah ich meine Sumpfschildkröte
Als routinierter Goethe-Stanzer
Nahm ich ihren Krötenpanzer

Probierte mich mit Messinggabeln
Nun auch mal an Lessing-Fabeln
So wird nie die Moral veralten
Die Schule lehrt Sozialverhalten

Nora Gomringer

Kurzer Text

Kommt nicht viel drin vor, ’n paar Buchstaben, Satzzeichen, eine Überschrift gibt’s, das ist dann aber auch schon alles. Na ja, ein bisschen Selbstreflexion auch noch: huch, kurzer Text. Voilà. Fertig.

Karsten Lampe

Ein kleines Lied den Unwägbarkeiten

Wir malen mit Kreide auf feuchten Asphalt
und das, was wir malen, verschwindet schon bald
und zwischen all den bunten Schlieren
dort will ich mich mit Dir verlieren

Wir schreiben mit Fingern in trockenem Sand
und Wind treibt die Zeilen von unserer Hand
Oh, lass uns beieinander stehen
inmitten der wirbelnden, kruden Ideen

Wir singen uns Lieder im luftleeren Raum
im halbnachthellen Morgengrauen
schwebend umgeben von städtischem Licht
da find ich Ruhe, find ich Frieden, und dich

Dort enden die Lyrik
die Metaphern und Zeichen
wir verschwenden uns gierig
an uns
und unseresgleichen

Patrick Salmen

Proklamation

Der Vorteil eines Buches ist
Es bleibt der Nachwelt lang erhalten
Doch Segen auch oft Fluche ist
Und Meinung bei manch Band gespalten

Kommt Wut auf, meistens sehr spontane
Bei exemplarisch … Herrn Fontane
Wünscht man sich Vergänglichkeit
Doch meistens es beständig bleibt

Drum fordere ich, und dies zu Recht …
(Denn Effi Briest, es liest sich schlecht)
Liebes Volk, ich proklamier
Für Schreibkultur auf Klopapier

Nora Gomringer

Gestern hat er mich verrissen und ich habe mich nicht vor meine Gedichte stellen können und ihn abknallen, bevor er sie wie kleine Babykatzen am Genick geschüttelt und tot gemacht hat. Meine Gedichte haben ihn irgendwie überlebt, sehen jetzt aber seltsam verschoben aus. Die Wirbel ausgerenkt, die einzelnen Zeilen vegetieren auf ihren Seiten. Wenn noch einer kommt und was sagt, drück ich die Löschtaste, bis ihn seine Mama nicht wiedererkennt.

Skurriles

Sebastian 23

Zeitweise

Mein Nachbar hatte schon Recht, wenn er sich beschwerte:
Früher war es nicht so spät!

Pauline Füg

Haiku

„Hi, Kuh!“ sagte ich.
Von der Wiese kam sie her
und sie fraß nur Gras.

Nora Gomringer

Besser kurz und dünn und lang und dick und GEZ-Zahler oder besser als DJ Bobo.

Philipp Herold

Diskus
dreht sich
immer schneller weiter
leider in Richtung Tribüne
Kieferbruch

Julian Heun

propellerhut

ich sehne mich so nach meinem propellerhut
er stünd mir gar zu goldig zu gesichte
selten ging ich ohne ihn auf den flugplatz
selten ging ich ohnehin auf den flugplatz
wieso auch? ich hatte meinen propellerhut
why drink and drive why smoke and fly
when you can propellerhut & propellerhut
oh ich sehne mich so nach meinem propellerhut

Björn Högsdal

Sooo Einsam

Alle andern wollen fressen,
ficken und ’n bisschen Schlaf.
Niemand teilt sein Interesse
an Kultur und Wissenschaft.
Weit und breit keiner zum Reden,
es spricht nicht mal seine Frau.
Der erste Homo Sapiens
war ’ne ziemlich arme Sau.

Marque-Régnier Hübscher

Ich nenn's mal so

Ich sitze auf der Bank, die ich Sofa nenn'
In meinem Garten namens Zimmer.
Und die Wolke, die unbeachtet vorüberzieht,
heißt Leben.

Dirk Huelstrunk

Schmutz

Schmutz. Alles ist voller Schmutz. Ich habe Schmutz. Ich habe Schmutz in den Fingern. Ich habe Schmutz in der Hand. Eine Handvoll Schmutz in der Hand. Ich stehe in Schmutz. Mit beiden Füßen stehe ich fest im Schmutz. Mit Schmutz an den Schuhen. Schmutz auch in den Schuhen. Ich habe Schmutz an den Füßen. Schmutz zwischen den Zehen und unter den Zehennägeln. Ich habe Schmutz auf der Haut. Eine Kruste voller Schmutz. Ein Panzer voller Schmutz. Wenn ich mich bewege, bekommt meine Schmutzhaut kleine Risse.

Die Luft ist voller Schmutz. Ich atme Schmutz ein. Der Schmutz setzt sich in meiner Lunge ab. Schmutz dringt tief in meine Lunge ein. Ich atme Schmutz ein. Ich atme Schmutz aus.

Das Essen ist voller Schmutz. Ich esse den Schmutz. Der Schmutz liegt auf der Zunge. Ich schlucke den Schmutz hinunter. Der Schmutz verteilt sich im Körper. Ich spüre den Schmutz in meiner Blutbahn. Über die Blutbahn gelangt der Schmutz in mein Herz. Mein Herz pumpt den Schmutz in meinen Kopf. Mein Kopf ist voller Schmutz. Meine Gedanken sind voller Schmutz. Aus den Gedanken forme ich Wörter voller Schmutz. Der Schmutz entweicht meinem Mund. Hast du mir auch gut zugehört? Hast du mir wirklich gut zugehört? Ich berühre dich jetzt mit meiner Schmutzhand.

Peter Janicki

An der Theke

Und ich saß da so da, und es kam mir komisch vor, wie ich so da saß, über Pommes und 'ne Rindswurst gebeugt. An der Theke hatte man mich gefragt: „Ketchup oder Mayo?“ und ich hatte „Mayo“ gesagt, einfach so aus Gewohnheit, ohne nachzudenken, und dabei hatte ich vergessen, dass ich ja auch diese Rindswurst dazubekommen würde, Rindswurst mit Mayo ist aber keine gute Kombination, da dann doch lieber Ketchup – aber jetzt halt nur Mayo. Rindswurst mit Mayo ist wirklich sonderbar, aber was ist denn auch nicht sonderbar auf dieser Welt, man soll sich nicht immer nur beklagen, auch Imke sagte ich: „Man soll sich nicht immer nur beklagen.“ Trotzdem beklagte sich Imke, ganz morgen früh würde bei ihr der Ikea-Mann auf der Matte stehen, und das wäre gar bitterlich. Sie wüsste gar nicht, wie sie ausschauen würde, so nach ein paar Stunden Schlaf und mit irgendwas vom Wäscheständer schnell drübergezogen. Ganz sicher, Imke würde großartig ausschaun mit fix irgendwas vom Wäscheständer drübergezogen, aber komisch ist das schon. Also: zu wenig Schlaf, das sieht man ja nur am Gesicht, gleichzeitig ist das Gesicht aber das Einzige, wo man sich nicht einfach was drüberzieht, obwohl das ja gerade morgens wohl am meisten Sinn machen würde.

Harry Kienzler

Ein UFO schwebt im Schrebergarten
und sucht Kontakt zu neuen Arten,
doch leider scheitert dieses Werk,
denn eisern schweigt der Gartenzwerg.

Dirk Huelstrunk

DIE ERINNERUNG

Ich erinnere mich nicht, sagte der Mann.

Sie müssen sich aber erinnern, verlangte der Inspektor.

Ich erinnere mich nicht, sagte der Mann.

Sie werden sich schon noch erinnern, ermutigte ihn der Inspektor.

Ich erinnere mich nicht, sagte der Mann.

Der Inspektor holte einen Gegenstand hervor. Erkennen Sie das?

Ich erinnere mich nicht, sagte der Mann.

Der Inspektor nannte einen Namen.

Ich erinnere mich nicht, sagte der Mann.

Der Inspektor holte ein Bild hervor.

Ich erinnere mich nicht, sagte der Mann.

Der Inspektor holte einen anderen Mann hervor.

Ich erinnere mich nicht, sagte der Mann.

Der Inspektor holte eine Frau hervor.

Ich erinnere mich nicht, sagte der Mann.

Der Mann lügt, sagte die Frau.

Die Frau lügt, sagte der Mann.

Ich erinnere mich nicht.

Gut, Sie haben gewonnen, lenkte der Inspektor ein.

Er überreicht dem Mann ein kleines Kästchen.

Hier sind Ihre Erinnerungen.

Aber seien Sie das nächste Mal vorsichtiger.

Harry Kienzler

Haikus:

Man fand Unverstand,
fand den Grund und stand
unverstanden rum.

Anruferfragen
grauer Gauner erfrieren
in Frauenaugen.

Betstubenpuppen
essen Papstbesuchspausen-
buchstabensuppe.

Renato Kaiser

„Ich fahr kein BMW, nei, nur Vélo.
Ich spiel nöd mit Fraue, nei, mit Lego.
Chliner als mini Eier isch nur no mis Ego.
Drum nimm jetzt mis Bier, wel i mues e goh.“

Andy Strauß

Ohne Titel

„Vielleicht“, sagt Jonas, mein Praktikant: „Vielleicht sollten wir die gelbe Flüssigkeit in die dickflüssige rote schütten, nicht wahr, Herr Professor?“ Jonas strahlt über sein ganzes Gesicht. Die Flüssigkeiten, die er meint, sind Fanta und Ketchup und ich bin kein Professor, sondern Angestellter in einer Firma für Bauteile aus krassem Eisen.

Temye Tesfu

die unerschöpfliche weisheit des dalai lama (oder: die betonung macht die musik)

wohn-zimmer
ist auch ein raum

Paula Varjack

firecracker

i admit
i have this way of lighting firecrackers
then looking confused
when the smoke emits
like a wide-eyed child
unaware of her accident
i rarely act with thought of consequence
i'm far more innocent than most
give me credit for.

Stadt-Land-Fluss

Frank Klötgen

Erklärung von Bergen und so

Berge sind die, die in Tälern
Weitsicht seitlich schmählich schmälern

Markim Pause

sträwkcüR

Stell dir vor, du bist kurz vor Ladenschluss auf dem Weg zum Bäcker und du hast unglaublich schlechte Laune. Du beschließt, einen deiner Mitmenschen an deiner Stimmung teilhaben zu lassen. Du wirst jetzt das Mädchen mit der gelben Tasche anrempeln, dich vordrängeln und ihr sagen, wie unglaublich hässlich ihre gelbe Tasche ist, und dann wirst du ihr noch sagen, dass die Tasche aber gut zu ihren Zähnen passen würde. Stell dir weiter vor, dass du plötzlich eine Stimme hörst. Der Routenplaner deines Lebens sagt: Bitte wenden! Nein, er sagt: Nednew ettib!

Auf einmal kommt das Mädchen mit der gelben Tasche rückwärts auf dich zu und auch du gehst in die falsche Richtung. Alle Menschen um dich herum bewegen sich verkehrt herum. Und plötzlich ist deine schlechte Laune wie weggeblasen und du findest es irgendwie komisch. Du merkst auch, wie sich die Sprache deiner Gedanken ändert, und du realisierst, dass du dich selbst nur noch schlecht verstehen kannst. Das macht dich zwar nervös, aber es amüsiert dich auch. Du siehst, wie Blätter vom Boden abheben und wie Schmetterlinge zu einem Baum fliegen, um sich dort auszuruhen. Du schaust auf deine Armbanduhr und du hörst, wie die Zeit entsteht: Kat, kit, kat, kit, kat, kit …

Später beim Mittagessen merkst du zum ersten Mal, dass andersherum leben nicht immer lustig, sondern auch sehr unappetitlich sein kann. Du erinnerst dich auch an die Rückwärtsbotschaften bei den Doors und Led Zeppelin. Und plötzlich weißt du, dass Satan, der Gehörnte, ein merkwürdiges Spiel mit dir treibt. Dabei fällt dir dann auch ein, dass du dich vor zwei Tagen nach einer üblen Sauftour auf einer ekligen Kneipentoilette übergeben hast. Überhaupt kommen dir immer mehr unangenehme Dinge in den Sinn. Dinge, die du eigentlich schon fast vergessen oder verdrängt hattest. Dann bekommst du es mit der Angst zu tun, weil du daran denken musst, dass deine Vergangenheit jetzt deine Zukunft ist, und dir fallen die ganzen Verletzungen, Unfälle und Knochenbrüche ein …

Als du am Morgen ins Bett gehst, wird dir, kurz bevor du einschläfst, klar, dass du nicht sterben wirst. Viel schlimmer! Du wirst geboren! – Nur andersrum!! Dann wird es dunkel.

Und plötzlich hörst du wieder diese Stimme. Diesmal sagt sie: Neuberechnung im Gang. – Bitte wenden!

Als du die Augen wieder öffnest, steht vor dir wieder das Mädchen mit der gelben Tasche. Mit ein paar schnellen Schritten gehst du an ihr vorbei und du öffnest für sie die Türe der Bäckerei. Dann sagst du: „Nach dir!“, und du machst ihr noch ein Kompliment über ihre schöne gelbe Tasche! Nachdem du dir ein Rosinenbrot gekauft hast, schwörst du dir, dass du nie wieder unfreundlich zu jemandem sein wirst, und du beschließt, nie wieder schlechte Laune zu haben!

Sebastian 23

Falsche Versprechen

In der Auslage einer Bäckerei stand auf einem Schild:

„Auf Wunsch werden auch belegte Brötchen nachgemacht."

Auf meine Forderung, sie möge für mich doch mal ein Salami-Brötchen nachmachen, reagierte die Bäckerin jedoch seltsam ungehalten.

Frank Klötgen

Die Faibles von Berlin

Westberlin ist JFK, schnodderige Hetze
Ostberlin – the other way – chillt sich chic im
Jetze
Mitte ruft: Wir sind doch eens!
mit verschämtem Schwäbeln

So hab'n alle drei Berlins
jedes seene Faiblen

Renato Kaiser

Liebe Deutsche,

viele von Ihnen fragen sich, ob die Schweiz wirklich so neutral ist, wie man immer sagt.

Ja.

Die Schweiz ist neutral. Die Schweiz ist so neutral, dass Wasser sich ein wenig schämt und mittlerweile eingesteht, dass es wie Hühnchen schmeckt. Es sind bereits Verhandlungen im Gange mit dem Ziel, dass man entsprechende Pflegemittelchen nicht mehr mit PH-neutral beschriftet, sondern mit „PH-Schweiz". Die Schweiz juckt nicht, kratzt nicht, eckt nicht an, hat keine Ekzeme zur Folge. Außer ab und zu einmal Rechtsekzeme, aber darauf komm ich später zurück.

Die Schweiz verhält sich aber auch gegenüber dem Rest der Welt zutiefst neutral. Oder einfacher gesagt: Die Welt geht uns Schweizer nichts an. Und wenn die Welt uns schon nichts angeht, dann auch nicht so ein willkürliches Gebilde wie dieses sogenannte Europa. Dementsprechend gehen uns auch Ausländer nichts an, da sie – wie der Name schon sagt – nicht aus unserem Land kommen und damit nicht neutral sind. Und ob jetzt basisch oder sauer: Die Ausländer bringen unsere Schweizerische Neutralität ins Ungleichgewicht, was wir natürlich nicht dulden können und dürfen. Übersetzt heißt das: Wir können und dürfen keine Ausländer dulden, weshalb wir sie – für das übergeordnete heilige Ziel der Neutralität – ausschaffen. Ausschaffen ist jedoch ein sehr unschönes Wort. Ich persönlich sage daher lieber: Die Schweiz, hm, neutralisiert sich. Viele europäische Länder finden das nicht PH-neutral, sondern rechtsekzem. Aber das kümmert uns nicht, das sind Ausländer und gegenüber der Meinung von Ausländern verhalten wir uns … neutral.

Um das Ganze jetzt noch mal verständlich und kurz zusammenzufassen: Die Neutralität der Schweiz lässt sich in folgender Vorgehensweise erklären: Die Schweiz exportiert Waffen in Länder, in denen Krieg herrscht. Und um neutral zu bleiben, exportieren wir auch Ausländer aus den entsprechenden Nationen, die in die Schweiz gelangen, zurück in ihre Länder. Man kann das auch liebevoll die TOTALE Neutralität nennen.

Nun, liebe Deutsche, ich hoffe, ich habe Ihre Frage zufriedenstellend beantwortet, und grüße sie herzlich doch nichtsdestoweniger neutral aus der Schweiz,

Renato Kaiser

Andy Strauß

„Auf Teer“

Wenn ich auf Teer pisse,
ist das ein schöneres Schwarz-Gelb
als das, was ihr da macht.

Markim Pause

Blick aus dem Fenster I – Die neue Kollegin

Ein Streifenwagen hält umständlich vor der Kneipe gegenüber. Die junge Polizistin parkt so nah an der Hauswand, dass ihr Kollege Mühe hat, das Fahrzeug zu verlassen, aber auch jeder, der die Kneipe verlassen wollte, Probleme bekäme. Vielleicht ist das Absicht. Sie öffnen die Tür und gehen hinein. Kurz schallt Musik aus dem Inneren. Ein Taxi fährt langsam die Straße hinunter, hält hinter dem Streifenwagen. Ein Mann im Anzug steigt aus. In diesem Moment kommen die Beamten wieder nach draußen. Gelächter in der Kneipe. Die junge Polizistin redet kurz mit dem Mann. Dieser winkt ab. Dann redet auch der Polizist mit dem Mann, der sich kopfschüttelnd umdreht und in die Kneipe geht. Dort wird immer noch gelacht. Auf das Dach des Streifenwagens gelehnt, unterhalten sich die Beamten, bis die junge Polizistin plötzlich laut wird: „Was bin ich!?!!“ Wütend steigt sie ein. Ihr Kollege zwängt sich ebenfalls erregt auf den Beifahrersitz und sie fahren weg. Leise dringt wieder Musik in die Nacht, bis ein neuer Schwall von Gelächter sie überlagert.

Dominik Bartels

Der Straßenmusiker

Er buhlt um einen Augenblick, ein winziges
Zögern, ein flüchtiges Innehalten.
Unerschütterlich spielt und singt er gegen den
Nieselregen und das Desinteresse der Stadt an.
Menschliche Hüllen quetschen und nörgeln sich
mit ihren Plastiktüten voll erkaufter Freuden an
ihm vorbei.
In Schachteln und Kartons verpacktes Glück für
die nächste halbe Stunde …
oder den Rest des Nachmittags.
Von der künstlichen Sonne am Himmel des
gegenüberliegenden Shopping-Centers gerötete
Gesichter starren durch ihn hindurch.
Wie er dort steht, mit seiner Gitarre und der
weichen Stimme
erinnert er an den berühmten Fels in der
Brandung.
Standhaft, aber störend.
Am Ende des Tages wird der stete Strom auch
seine Musik abgetragen haben.
Ton für Ton.

Markim Pause

Der Schutzmann

Das rotierende Blaulicht spiegelte sich auf dem nassen Asphalt wider, wurde durch die niederfallenden Regentropfen wie von tausend Prismen gebrochen, so dass sich niemand in der kleinen Trattoria diesem Schauspiel entziehen konnte. Dem Streifenwagen entstieg ein junger Polizeibeamter in voller Montur, der ohne Hast die Straße überquerte, um dann tatsächlich das Restaurant zu betreten. Jeder Gast starrte ihn an, niemand wagte es zu kauen. – Was will der Bulle? Was war nur geschehen? Fahrerflucht, Fischvergiftung, Terrorismus? Hier??? Wen sucht er? Kommt es jetzt zur Schießerei? – Der Beamte stürzte auf die Kellnerin zu und küsste diese heftig. Keine Gegenwehr von ihr. Dann boxte er dem Kellner freundschaftlich in den Magen: „Ciao, Luigi!“, begrüßte zwei ältere Damen per Handschlag, wechselte ein paar kurze aber freundliche Worte mit diesen, um daraufhin in der Küche zu verschwinden. Die anderen Gäste widmeten sich sichtlich erleichtert wieder ihrem Essen. Ich musste beim Espresso, als der Polizist mit zwei Portionen Pasta bereits wieder auf Streife war, ständig an Mafiafilme und die Bronx denken, obwohl ich lediglich um die Ecke eine Pizza essen war.

Frank Klötgen

Überleben in den Bergen: Plädoyer für die Mittelgebirgswanderung

Verwahre dich vor hochalpinen
Rauf-und-wieder-Runter-Spleenen
Wo der Fels noch nackig ist
Erosion die Grasnaht frisst – gibt's nur:
Geröll, Geröll in spe
Lawinengatter, etwas Schnee
Geballte Lebensfeindlichkeit
Im trostlosgrauen Steinschlagkleid

Ja, der Berg, die Abbruchschlampe
Glänzt erst in der Bauchspeckwampe
Rück dem Gipfel nicht zu nah, Kind!
Reicht doch, dass die Berge da sind
Deren Schönheit lässt sich loben
Von nicht ganztotalweitoben

Gauner

Babylon öffnet heute seine neun Tore
Massen von Menschen strömen zusammen,
Jubel von jeder Empore
Trubel und Brimborium, Gerempel am Tempel
Handgemenge im Gedränge und Gesänge –
Ein Exempel
ist fertiggestellt, der Turm ins Himmelszelt
ein Herrscher mit Geld hat den da hingestellt
und ganz Zweistrom strömt herbei, um das
Wunder zu preisen
egal in welcher Sprache, man feiert gemeinsam
nicht leise
die Stadt ist erfüllt, die Prozessionsstraße quillt
über
vorbei sind Jahrhunderte von drunter und
drüber
Dass es wieder anders kommt, Marduk behüte
Babylon: Ein Synonym für frühe Blüte

Babylon heute öffnet seine neuen Tore
Massen von Menschen strömen herbei, Jubel von
jeder Empore
Trubel und Brimborium, Gerempel im
Konsumtempel

Handgemenge und Gedränge, Dudelklänge und
Wimpelkrempel
sei dabei, sei so frei,
Tummel Dich im Einerlei und löffel den
Einheitsbrei
schon immer herrschte Geld, hier wird es
hergestellt
hier, wo Wasser und Dampf mehr als Blut und
Erde zählt.
Wo manch kühler Kopf in der heißen Luft
verglüht.
und wo Schall und Rauch die bare Münze trübt.
Der König bist Du, Kunde Hammurabi der II.,
Kein Zweifel an der Bruderschaft im Geiste
Der Stern, der Euch leitet, ist vielleicht der
gleiche,
Ihr seid geblendet, gerade weil Ihr Reflexion
meidet.
Denn Konsum macht Kulleraugen, er weitet die
Iris.
Er erzählt von Babylons Mythos der
menschlichen Hybris

Markim Pause

Eine leicht verunglückte Wette

Mit einem Freund war ich in ein Café gegangen. Wir saßen dort und beobachteten nach einer Weile eine junge Frau mit langen, rot gefärbten Haaren, braungebrannter Haut und den obligatorischen hellgrauen Leggings. Nachdem sie sich an den Nebentisch gesetzt hatte und ihre Begleiter bereits rauchten, wuselte sie in ihrer viel zu großen Lacktasche herum. Ich sah meinen Freund an und sagte: „Fünf Mark – Marlboro Lights!“ Er nickte und entgegnete: „West Lights!“ Alsdann zog die braune Frau ihr Handy aus der Tasche und spielte mit der Tastatur. Mein Freund murmelte: „Dumme Kuh!“ Ich lachte.

Björn Högsdal

Hamburg

„Hamburg, wohin fährst du?“, fragt der kleine Junge die Stadt vor dem Fenster, als der Zug abfährt. „Vielleicht fährt Hamburg nach Elmshorn“, setzt sein noch kleinerer Freund, selbst etwas zweifelnd, hinterher. Wenn ich Hamburg wäre, würde ich nicht nach Elmshorn fahren, denke ich und bin ziemlich überzeugt. Der kleine Junge sagt jetzt, dass Hamburg nach Afrika fährt, aber nur in den Sommerferien.

Temye Tesfu

belgisches höhlengleichnis

see den baum
vor lauter
wald nicht meer

Frank Klötgen

Sterben in den Bergen: Eine Frage zur Nachlassverwaltung

Wenn ich mit zerborst'nem Rückgrat
mir erspar die Gondelrückfahrt
könnte die – sollt' ich so sterben –
meine Braut als Hinfahrt erben?

Toby Hoffmann

die stadt ist leer

die stadt ist leer
und sie tun so
als würde etwas passieren
und wenn nicht jetzt
dann vielleicht morgen
oder im nächsten jahr

zehn jahre vergehen hier
gefühlt wie drei
ein ort den man nicht wählt
man bleibt dort hängen
einfach weil sonst nichts los war
und sie tun so
als wäre etwas passiert

die stadt ist leer
doch alle sind geschäftig
zumindest die noch da sind
die immer hier waren
oder schon längst wissen
dass sie bleiben werden
hier nicht mehr wegkommen
und wenn sie gehen
dann kommen sie wieder

die stadt ist tot
und sie tun so

als würde sie leben
als würden sie sich bewegen
bewegung ist ein schönes wort

Markim Pause

Neulich im Museum

Als ich letztens für ein paar Tage bei Freunden in Vorarlberg zu Gast war, wollte ich an einem verregneten Tag die Gelegenheit nutzen, wieder mal eine Ausstellung in der Umgebung zu besuchen. Meine Gastgeberin arbeitet im Jüdischen Museum Hohenems und ist im Besitz einer Mitgliedskarte des Internationalen Museumsrates. Diese Karte ist nicht nur sehr chic – sie ist ganz weiß und in hellblauen Lettern steht auf der Vorderseite nur *ICOM – Conseil International des Musées, Maison l'UNESCO, 1 rue Miollis, Paris* geschrieben –, sondern sie gewährt dem Besitzer weltweit freien Eintritt in alle Museen, die dem ICOM angeschlossen sind. Da ich seit Längerem schon das Frauenmuseum in Bonn besuchen wollte, entschied ich mich dafür, jetzt ins Frauenmuseum in Hittisau zu fahren. In einer Zeitung hatte ich zuvor gelesen, dass dort gerade die Ausstellung „Die Rolle der Frau im Wandel der Zeit" läuft. Auf dem Weg dorthin malte ich mir aus, was mich erwarten könnte. Irgendwie rechnete ich damit, dass ein Frauenmuseum eine Mischung aus Wachsfigurenkabinett und Freilichtmuseum ist. In verschiedenen Räumen, so stellte ich mir vor, wären Figuren bei der Verrichtung frauentypischer Tätigkeiten zu sehen: Mammut-Steaks braten, Feldherren verführen, Schminke kaufen, Kindersoldaten gebären und bügeln. Das denke ich bis heute, denn der Einlass wurde mir verwehrt.

An der Museumskasse zeigte ich meine ICOM-Karte und sagte meine sorgfältig zusammengelegte Begrüßung auf, die lokalkoloriert beginnen und im Schlussteil international ausklingen sollte: „Grüß Gott! – Shalom!" – „Grüß Gott", entgegnete mir die Kassiererin und nahm meinen Ausweis in beide Hände. Nach einem von Stirnrunzeln begleiteten kritischen Blick sagte sie zu mir: „I kenn Sie gar nit! Da kann ja jeda komma, so geht das nit!" Da ich in einem anderen Museum schon einmal etwas Ähnliches erlebt hatte, war ich wenig überrascht, und so erzählte ich der Dame, dass ich Kurator sei und demnächst eine Ausstellung im Jüdischen Museum machen würde. Aber sie war misstrauisch: „Sie schaua gar nit us wie a Jud!? – Sie san a Dütsche, des kann i höra!?!" – Unverschämtheit, dachte ich. „Soll ich Ihnen meinen Penis zeigen, wollen Sie erst schauen, ob ich beschnitten bin?" – Dank einer Phimose in früher Kindheit dachte ich, dass ich jeder Prüfung standhalten würde und dass es außerdem eine gute Idee wäre, mich so weit aus dem Primäre-Geschlechtsorgane-Fenster zu lehnen. – Da hatte ich falsch gedacht! Aber ich hatte wieder etwas gelernt: Es kommt gar nicht gut an, die Kassiererin im Frauenmuseum zu fragen, ob sie einen mitgebrachten Penis begutachten will!

Ob das auch für andere Museen gilt, bleibt eine offene Frage. Nach meiner Erfahrung würde ich jetzt sagen: Vermutlich schon, kommt aber wahrscheinlich auf den Mitarbeiter an.

Renato Kaiser

Wie arm ist Deutschland?

Liebe Deutsche,

viele von Ihnen fragen sich, ob die Schweizer so reich sind, wie man immer sagt.

Nein, sind sie nicht.

Außerdem: Was heißt schon reich? Auch wir schlafen in Betten. Auch wir fahren Fahrrad. Auch wir haben Bettler in den Straßen. Ja gut, die Betten sind aus Zahngold gefertigt, aber jedes Land soll doch seine Hauptrohstoffe nutzen. Und ja, die Fahrräder benutzen wir nur für den Hinweg und für den Rückweg kaufen wir ein neues, aber meistens ist das Fahrrad nach einer Fahrt eh schon ziemlich dreckig. Natürlich, ich gebe zu, den meisten von uns geht es ziemlich gut. Jedoch darf man nicht vergessen, dass nicht allen Schweizern ein solches Leben beschert wurde. Ich habe von meinem zweiten Chauffeur vernommen, es gäbe am Rand von Schweizer Großtädten sogenannte Ghettos. Die Menschen da würden in Wohnungen leben, die nicht ihnen gehörten (!), und müssten monatlich eine sogenannte „Miete" bezahlen. Sie müssten ihr Essen selber kochen, würden Schuhe mehrmals benutzen und in sogenannten Fahrgemeinschaften Autos nicht nur selber fahren, sondern diese zudem mit bis zu fünf Personen füllen. „Fast schon deutsche Verhältnisse!“, habe ich darauf zu Goran, dem Masseur meines linken Fußes, gesagt, meinen Mund mit Champagner gespült und ausgespuckt (immer wenn ich von all dem Leid höre, das es in der Welt gibt, kriege ich so einen schalen Geschmack auf der Zunge).

Warum nennt man die Schweiz überhaupt reich? Und warum nicht andere Schwellenländer wie Deutschland oder Österreich arm?

Ich hoffe, liebe Deutsche, ich habe Ihre Frage nun endlich zufriedenstellend beantwortet, und grüße Sie ganz herzlich aus der Schweiz,

Renato Kaiser

PS: Ich habe Ihnen in einem weiteren Paket einige überschüssige Goldbarren mitgeschickt. Die stören immer so in der Gesässtasche beim Sitzen. Kaufen Sie sich eine Insel. Oder trinken Sie in der Schweiz ein Bier. Beides hat seinen Reiz.

Jana Klar

Verhinderter Passant

Ich schaute gerade auf die Straße hinaus. Da löste sich die Schneedecke langsam vom Nachbardach, gewann im vierten Stock an Schwung, bevor sie im dritten Stock am Fenstersims in mehrere unterschiedlich große Teile zerbarst. In einzelnen Fladen krachte sie schließlich zu Boden.

Dort vereinte sie sich erneut zu einem Haufen.

Dem Zufall sei Dank stand zu diesem Zeitpunkt kein einziger Mensch vor der Eingangstür oder spazierte auf dem Trottoir hin und her – sonst hätte mich diese Begebenheit womöglich zu einer Geschichte inspiriert.

Frank Klötgen

Pariser Platz

Jetzt bist du fast.
Wie Früher. Und jeden Tag
7.000 Megabyte schwerer.

Hier nimmst du ein Bad im Dat
enmeer der Speicherkart
en. Und tauchst wieder auf
in Japanitalien, Spaniengland, Bergischglatt,
Bach.

Sowie Paris, natürlich.

Peter Janicki

Entführungen

Ich wachte in einem Kofferraum wieder auf. Es ist scheiße, entführt zu werden, wenn man verschnupft ist, weil, dann läuft einem der ganze Schmodder aus der Nase, und wenn der Kofferraum dann wieder aufgeht, dann sieht das scheiße aus, also auch schon vorher, aber dann ist halt wichtiger. Ich lag so im Kofferraum, und das ist schon Gefühlstrampelei, jemanden zu entführen, andererseits war ich nicht verschnupft und der Kofferraum war angenehm beheizt, insofern alles halb so wild.

Mir fiel ein, dass ich mich hätte wehren sollen. Einen packenden Fight hätte ich mir liefern können mit den Entführern. Andererseits: Die Entführer waren sicher stärker als ich und wo käme man denn da hin, wenn die Schwachen die Starken schlagen, wenn sich so was dann auch evolutionär durchsetzt, dann könnte die Erde gleich einpacken, wenn es mal zu einer Invasion von fiesen Killer-Aliens kommt.

Eigentlich komisch, in Marburg mit 'nem Auto entführt zu werden, weil: in Marburg kann man alles zu Fuß erledigen.

Vielleicht sollte ich mir doch Sorgen machen.

Markim Pause

Blick aus dem Fenster II – Fiktion oder Realität

Ich liege auf dem Bett. Die Decke habe ich als bequemen Keil hinter meinem Rücken zusammengerollt, denn, obwohl es schon sehr spät ist, ist es unangenehm warm. Ich sehe *The Astronaut's Wife*. Ein durchaus beunruhigender Film. Irgendwann wird es mir dann zu unheimlich. Es gruselt mich. Ich schalte den Videorekorder aus, rauche am offenen Fenster – es war mir schließlich doch kalt geworden und ich wollte es ohnehin schließen –, da sehe ich, es ist kurz vor vier, zwei etwa 40-jährige Männer aus der Kneipe kommen. Der eine trägt ein schwarzes T-Shirt, ist dick und nüchtern. Der andere nicht. Sie gehen langsam über die Straße und unterhalten sich leise. Trotzdem kann ich sie hören. Der Dicke sagt ganz ruhig, dass er den Typen, wenn dieser ihn noch mal so provoziere, abstechen würde. Er wiederholt: „... mit meinem Messer stech ich den einfach ab!“ Darauf der andere: „Is’ ja auch nur ’n Arsch!“ Ich werfe die Zigarette aus dem Fenster, schließe es und lege mich wieder auf das Bett. Um 4:27 Uhr ist die Videokassette zu Ende. Der Schluss fehlt.

peh

fenster zum hof

so viele fenster
so viele leben
wir sind eines davon
zwei, will man's genau nehmen
rechts mittig schaut man fern
drüber haben sie sex
links sind die fenster weniger
freizügig
die exhibitionisten
wollen beneidet werden
und bestaunt
denke ich
wir brauchen ein
eigenes leben
lache ich
und ziehe die gardinen zu
es gibt nichts zu sehen
unser geheimnis bleibt
unsere nähe

Moritz Neumeier

Möwen

„Die Glücklichsten sind immer noch die Möwen“, sagte mir heute ein Mann in der S-Bahn.

Er stank nach Abfall und Bier, weil er aus einer Welt kam, die nach Abfall und Bier stank.

Ich roch nach Nudeln und Hoffnung, weil ich aus einer Welt komme, die nach Nudeln und Hoffnung riecht.

Er sah mir dabei tief in die Augen, lächelte kurz und erbrach sich dann vor meine Füße.

Und da sah ich, dass wir etwas gemeinsam hatten.

Nudeln.

Und vielleicht ein bisschen Hoffnung.

Frank Klötgen

Im Pergamon-Alter

„Na, Chef, was steht denn morgen an?“
so frug ich, das weiß ich wohl noch, aber dann ...
erinnere ich nicht ganz klar
was hierauf deine Antwort war

War’s „Pergamonaltar“ oder „Pogo, mein Alter!?“
Zwei Alternativen von gleicher Gestalt, tja ...

So steh ich nun vorm Ischtartor
und bleib so klug als wie zuvor
Mir, der zum falschen Ort Geschickte
ist gleich, wie die Antike tickte

Da eilt vom Markttor auf mich zu
zwar schwer verspätet, trotzdem: Du.

„Mann, ich wähnt’ dich schon in Moshpit-Horden!
Gut schauste aus!“
Denk: Alt geworden ...

Markim Pause

Blick aus dem Fenster III – Im Garten

Im Rosenbeet, da, wo wir die Katze begruben, ficken gerade zwei Vögel. – Das ist natürlich unmenschlich!

Tiere

Patrick Salmen

Die Kreatur

Es schnüffelt da, es schnüffelt hier
Dies alltagsgraue Rüsseltier
Es sah im Wald ein Reh und fand
Irgendwie wirkt's elegant
Und jäh entstand nicht relevant
Der erste kleine Rehlefant

Andy Strauß

Metamorphosen (Klassiker ...)

Ich bin eine Raupe
und du bist ein Reh
ich werd Schmetterling
und du wirst Filet

Frank Klötgen

Sechstes Lemurengedicht: Schluss und aus, Maki Maus

Sie, Marquis Maus, schau'n handlich aus
ein Fäustling wär Euch ein Full House

Als heller Kopf scheut Ihr das Licht
mit knopfbeäugtem Trollgesicht
welches aufglüht im blendenden Schein meiner
Maglite
und wir starren erstarrt, bis dass Ihr plötzlich
weg seid

Nur mäuschengroß sind Nachtmakisen
doch Motten fürchten sich vor diesen
Sie entflieh'n den Grapschern, schrei'n stumm:
„Oh, Graus!
Herrmott, was schau'n die riesig aus!"

Patrick Salmen

Die Seekuh

Einst hatte es die Seekuh schwer
Sie fühlt sich so Seekuhndär
Seht ihr da, im Teich, da sitzt sie
Fühlt sich weise, Reich-Ranicki
Nein, sie gleicht eher Friedrich Nietzsche
Ein kleines Fischlein niedlich quietschte
Kopf hoch, altes Eutertier
Komm schon, ich erläuter dir
Auch du kommst bald in Gottes Reich
Der Satz durch seine Glottis streicht
„Nee“, sagt die Kuh, „ich nicht, na eben …
Der Seekuh-larisierung wegen“

’nem gut gelaunten Dromedar
wurde jetzt vor kurzem klar,
warum es nie jemanden traf,
nicht mal ein Huhn oder ein Schaf,
wenn es so durch die Gegend düste:
Ja Mensch, ich bin ja in der Wüste!

Wenn dich am Morgen beim Erwachen
20 Werwölfe anlachen
und ein paar Zombies an dir kauen,
dann nennt man das das Morgengrauen.

’ne Schnecke kommt aus ihrem Haus
und sieht ziemlich gebeutelt aus.
Ist überall drin angeeckt
und sagt: „Scheiß Innenarchitekt!“

Nektarios Vlachopoulos

Das Hummerbecken

Es war erfüllt mit Sorg und Kummer
ein Hummerbecken ... voller Hummer ...
Da kreuchte willenlos und stumm
ein Hummer auf dem ander'n rum.
Wie das der Lehrlingsbursche sah
da wurd ihm augenblicklich klar
„Nach so 'ner Malzeit, jede Wette!
Werd ich mir die Finger lecken!"
und sprang mit Schwung ins Hummerbecken.
Das war dumm ...
war sogar dummer ...
als Hummer ...
Was dann geschah, war abzusehen
er ließ zwei Finger und drei Zehen
doch hielt er dafür einen zahmen
und jungen Hummerwelpen in den Armen.
Verziert mit zartem Lachspurpur
von allzu niedlicher Natur
beschloss der Bursche statt blanchieren
das Krustentier zu adoptieren.
Doch fand er's tot am nächsten Morgen
Der Hummer ...
war an Krebs gestorben!

Patrick Salmen

Hinterlist

Ein Regenwurm und hinter dessen …
Rücken galten Interessen
Keinesfalls dem Anblick dieses
Hinterteiles, amtlich hieß es
Der Regenwurm im Allgemeinen
Sei in manchem Fall gemein, denn
Rühmt ihn eine Hinterlist
Man weiß nicht, wo sein Hintern ist

Daniel Terek

Tierpsychologie

Die häufigste Todesursache bei Igeln ist Autoaggression.

Bleu Broode

Der Butterfly-Effekt

Es war einmal ein keckes Ding:
seines Zeichens Zitronenfalter (Schmetterling).
Und zu unser aller Übel
schlug er gerne mit dem Flügel.

Andernorts in einer langen Damennase,
inmitten aller Damennasenhaare
der Nasen Herrin hat's wahrscheinlich nicht gerochen,
hat sich ein Birkenpollenling verkrochen.
So saß er da und allergierte,
was der Damennase Gallert alarmierte,
sagt zum Großhirn: Holste Luft!
Und schon nieset sie aus vollster Brust.
Hier ein müdes Kindchen gähnte,
da ein übles Böhnchen blähte,
eine leichte Brise wehte,
eine Bogensehne sehnte
und mit einem letzten Wimpernschlage
entstand die größte Böe aller Tage.

Ja, das war nicht ohne, Alter,
mein lieber Herr Zitronenfalter.

Simon Chen

Wie Gott den Elefanten schuf

Am Anfang war alles öd und leer
Ein riesiger Sumpf
Millionen von Mücken
Und Gott dachte: Da lässt sich was draus machen …

Andy Strauß

Der Zoo

Der Zoo ist ein wahnsinng imposanter Ort. Ich liebe den Zoo, ich gehe immer gerne in den Zoo. Nichts anderes als das Betrachten domestizierter Primaten macht mich so glücklich. Am besten gefällt mir das Klettergehege. Pausbäckige Jungprimaten besteigen in ihren Jeans- und Cargohosen ein Netzgespann aus roten Seilen, das an ein verzerrtes Spinnennetz erinnert. Wenn sie zu schnell zu hoch klettern, kreischt das besorgte Muttertier, wird aber vom Vatertier dazu angehalten, sich doch zu besinnen. Ihm ist jeder Weg recht, den Ballast loszuwerden, und wenn es dazu aus drei Metern Höhe auf die zerbrechliche Stirn purzeln muss. Meistens kommt es leider nicht dazu, so stehen die männlichen Primaten in langen Schlangen vor dem Futterstand, um ihr spärliches Erspartes gegen viel zu teures Bier einzutauschen. Schließlich ist Wochenende, schließlich ist Familientag, schließlich ist Familientag Foltertag, schließlich lässt sich Folter betrunken eher ertragen, am besten auf nüchternen Magen. Für die Kleine ein Eis, es heißt Bubble-Gum und ist blau-weiß, der Junge will eine Cola und bekommt eine Fanta und die früher mal Geliebte und jetzt Ehefrau will ihren Kaffee. Mann weiß, dass sie viel Zucker will, aber Mann weiß auch, wohin das ihren Körper bringen wird, und macht weniger rein. Dem Schatz sagt Mann, es sei nicht mehr da gewesen. Wenn sie selbst hingeht, um nachzuschauen, dann hat sie sich wenigstens etwas bewegt und nicht nur ihren fetten Arsch auf der Bank plattgemacht. Der Kleine soll schneller höher klettern, entweder stürzt er und man ist ein Problem los oder die Alte regt sich wenigstens noch etwas auf. Es hebt ihren Blutdruck, hoher Blutdruck verbrennt Fett.

Ich liebe den Zoo. Domestizierte Primaten zeigen sich in der Öffentlichkeit. Ich werde mich nicht groß entscheiden müssen, ob ich irgendwann mal häuslich werde.

Patrick Salmen

Depressionen im Schaukasten

Eingeengt in Fensterscheiben
Zirkuläre Endlosschleifen
Bettelnd um Begnadigung
Hängt er im Aquarium

In des Wortes wahrstem Sinn
Nervt es ihn echt tierisch
Wenn noch off'ne Fragen sind
Es geht um einen Zierfisch

Zachachäus namentlich
Herkunft zypriotisch
Eingeteilt für Abendschicht
Ein Leben trist hypnotisch

Inmitten eines Mitleidskreises
Plagte ihn die Midlife-Crisis
Erst morgens war die Nachtschicht um
Drum entschied er sich für 'n Praktikum!

„Das Becken hüt ich jeden Tag, dann
werd ich halt Hygienefachmann!"
An für sich verwunderlich
Er wurde Teil der Unterschicht

Der Zierfisch schwamm zum Wanderwels
Dem Immigrant vom Lande Wales

Hängt am Glas die Kaulquapp' faul
Schlingt er sie ins Saugnapfmaul

Eingeteilt in Tagesschicht
Sorgt der Wels für klare Sicht
Da andere sie dreist beschmutzen
Kann er stets die Scheiben putzen

Doch Zachi bald vom Zweck erfährt
Der Wels sich von dem Dreck ernährt
Das wiederum war ihm zu eklig
Erschien ihm gar als viel zu kläglich

Nichts mehr ihn beglücken kann
Er fortan auf dem Rücken schwamm
Das Leben war ihm zu liquid
So wählte er den Suizid

„Ein Buch, das
spielt werden will."

WDR 2
Buchtipp!

Bei Lektora erschienen

Patrick Salmen & Quichotte

Du kannst alles schaffen, wovon du träumst. Es sei denn, es ist zu schwierig.

Beispiel, Schwierigkeitsstufe I:

Zwei jugendliche Hausbootbewohner wollten sich eines Nachmittages zum Spielen auf dem Steg verabreden. Nachdem sein Freund auch nach langen Minuten des Wartens nicht am verabredeten Treffpunkt erschien, wunderte sich der andere doch arg und rief seinen Freund umgehend auf dem Handy an. Daraufhin schilderte der Vermisste die Situation und erklärte, dass er aufgrund einer kecken Schelmerei bei den Eltern jüngst in Ungnaden gefallen war. Diese hätten nun zu einem altbewährten Sanktionsmittel gegriffen und ihm sowohl den Ausgang als auch das Betreten des hinteren Schiffteils untersagt. Deshalb fragte sein sich in Freiheit befindlicher Freund: „Warum halten sie dich denn die ganze Zeit auf der Vorderseite des Schiffes gefangen?" Die Antwort ließ nicht lange auf sich warten. „Das erklärte ich doch bereits. Ich hab ____ ____ ____."

Lösung im Buch: www.lektora-verlag.de\shop

Bei Lektora erschienen

Sandra Da Vina

Sag es in Leuchtbuchstaben

„Der Zauberer hatte allerdings nicht damit gerechnet, dass ich meine eigene Säge dabei hatte.“

Spot an! Zwischen diesen Buchdeckeln fluoresziert allerlei literarischer Mumpitz. Sandra Da Vina spielt mit dem Lichtschalter und beleuchtet das Leben in seiner skurrilsten Gestalt. Dabei liegen Tragik und Komik immer dicht beieinander.

Es sind nicht nur die Worte, die leuchten, sondern auch ihre Protagonisten. Ob ein verliebter Dino oder der trunkene Tod – Sandra schreibt von den großen und kleinen Begegnungen …

Ein Buch, das man dringend im Dunkeln lesen sollte. Wie eine heiß gelaufene Lavalampe wärmen Sandras Texte von innen heraus. Hier stehen die Helden im grellen Scheinwerferlicht, dort kuscheln sie bei sanftem Kerzenschein – dabei kommen die Geschichten mal wunderlich und laut, mal nachdenklich und leise daher.

Und immer in **Leuchtbuchstaben.**

Sandra Da Vina (*1989) wohnt in Essen-Süd, mit einem Spielplatz vor der Tür und in ihrem Kopf. Sie ist freie Autorin, studierte Germanistin und seit 2012 auf den deutschen Poetry-Slam-Bühnen unterwegs. Mit „Sag es in Leuchtbuchstaben“ erscheint ihr erstes Buch.

ISBN 978-3-95461-016-7
12,00 Euro

www.lektora-verlag.de/shop

Deutsch-sprachiger Poetry-Slam-Meister 2013

Bei Lektora erschienen

Jan Philipp Zymny

Hin und zurück – nur bergauf!

„Hin und zurück – nur bergauf“ ist keine bloße Sammlung von Poetry-Slam-Texten. Mit einer Menge surrealistischem Humor und überraschenden Ideen beschreibt Jan Philipp Zymny in skurrilen Erzählungen und Gedichten eine fantasievolle Welt, in der alles irgendwie miteinander zusammenzuhängen scheint. Dabei bleiben jedoch einige Fragen offen: Woher bekomme ich einen Bademantel aus Hummelfell? In welchem Verhältnis stehen ein Haiku schreibender Orang-Utan und ein konfirmierter Gorilla zueinander? Wer ist dieser Eugen-Jonathan? Was möchte der Autor uns damit sagen? Die Antwort auf diese und andere Fragen lautet: JA!

„Selten lagen Wahnsinn, Genialität und Hummelfellmäntel so nah nebeneinander.”
(Fabian Navarro)

„Ich musste es Korrektur lesen. Nie las ich Wörter in der Reihenfolge. Manches ergab Sinn. Vieles auch Unsinn. In der Summe erzeugen alle Morpheme Frohsinn. Ich tät's lesen wollen müssen, wenn ich nicht schon dürfen hätte sollen.“
(Vater)

ISBN 978-3-938470-78-7
12,00 Euro

www.lektora-verlag.de/shop